田辺聖子

休暇は終った

清流出版

休暇は終った

装花　木咲豊（明るい部屋）
カバー写真　野村正治
ブックデザイン　アルビレオ

三

休暇は終った

1

帰るなり、類《るい》はスーツケースを抛《ほう》り出して窓を開け放った。

閉めきった部屋は、蒸し風呂みたいだったから……。

そうして類があわただしく開け放ったあと、トイレへいきそうだったから、私の方がいそいで走って先に入った。廊下で競《せ》り合いになり、私の方が、間一髪早かった。

「アハハハ……」

と私がバターン！　とドアを鳴らしてトイレへ走りこむと、

「畜生！」

と類がどなるのがきこえた。

ナゼか奇妙に、私がトイレにいきたくなるときと、類のそれとは、同時である。

友人の毛利篤子《もうりあつこ》は、

「伝染《うつ》るのよ……」

といっている。男と女、いっしょに暮していると、（それが仲よい場合）何でも伝染るらしい。今晩あたり、お肉がたべたいと思うと、テキもそう思っており、いまオシッコしたいと思うと、テキも、そんな時分なんだそうだ。

「まさか、アンネは伝染らないでしょ」

というと、

「いや、わからん。妊娠も伝染るかもしれへん」

と篤子はゲラゲラ笑っていた。彼女には仲のいい夫がいる。稼《かせ》ぎのいい税理士なのだが、毛利篤子も都心のデパートに手芸教室など持っている手芸家である。

トイレのドアをバタンと急にあけると、

「痛《いた》！」

と類はオデコを打って叫んだ。

「こら、のぞいたらあかん！」

と私がいう。

五

休暇は終った

「イヒヒ……」

と類は笑うが、これは類がたいへん上機嫌な証拠である。類は痴漢ごっこが大好きなのだった。

私は彼と入れ代りに出て服を脱いだ。

類は、口笛を吹いて用を足している。彼はきっと、次に浴室へいってシャワーを使いたがるだろうと思ったので、私は走っていって先にシャワーを使った。

類があとから来て、

「くそッ」

という。

私はだいたい、何によらず、することがすばしこい方だ。そうして、類より一歩先に手を打つのが大好き。シャワーを浴びてると彼もまっぱだかで入ってきて、

「どけ!」

といい、押しくらまんじゅうになった。

「おい、どうして男に花を持たせられんのかねえ、お前さんは。なぜそう先々と急ぐ」

「弱肉強食は世の習いよ」

「女いうもんは、男より三歩下って、どうぞ、とゆずるもんだア……」

若い男というのは、ときどきびっくりさせることをいう。

とても古くさいみたい……。類は二十三だけど、三十一の私より古くさいことをいう。そうして、ひょっとしたら、三十代四十代をとびこして、むしろ、六十くらいの爺さん婆さんと同じことをいう。

「わたくしめはあとで結構でございますわ、ト。殿方はどうぞお先へ、ト。それが女のつつしみ、いうもんとちがうけ」

「うるさい。撲《は》っ倒すぞ」

と私がいうと、類は、うれしそうな声をあげて笑った。類は私が乱暴な言葉を使うとふき出すくせがある。——何べんめでも。

類は私の背中を流してくれた。

「うわ。灼《や》けたね」

そういう彼も、腰のところ、海水パンツの部分だけ、白く残っている。私はというと、胸と腰だけ白かった。

「公害に冒されてはいけませんから、よく洗いましょう」

と類はいって、しゃがんで、私の下のほうをタオルで洗った。私は笑わずにはいられなかった。でも幼稚園の身体検査みたいに、じっとしていた。類はあたまのてっぺんから濡れて、顔はしずくだらけになっていた。

「汚ない海やったなあ」

と私たちは、一泊していった海のことをいい合った。

暑い二日だった。海水浴にはもってこいの日和だったが、海の汚ないのにびっくりした。

ゆく前までは長いこと、二人してたのしんで、さんざん候補地を物色し、やっときめたところだったのに、こんなに汚れた海とは思わなかった。

油の汚染は、このへんはないということだが、それでも、波の色は土気いろというか褐色というか……板ぎれや西瓜《すいか》の皮が浮いていた。時とすると、ゴザのきれっぱしみたいなものさえただよって来た。

「沖までいくときれいや」

ひと泳ぎした類が、海岸ちかくでじゃぶじゃぶしている私に、いいにきた。

「こわいから、いやよ」

海岸は幼児や小学生、それに付き添っているオトナたちでいっぱいだった。私は泳げないので、休憩所で借りた大きな、ゴムの浮環《うきわ》につかまって、体を濡らすだけでたのしんでいた。

すこし恰好わるいけれども、でも、充分、いい気持だった。オナカにスウスウと当る冷たい波を感じてるだけで……。

「ボートへ乗ろうか？　そしたら、沖へ出て、ふなばたにつかまってたらええやんか」

類がいうので、私は大よろこびで、
「ウン！」
といった。
私は泳ぎもできなくて、ボートに乗るのもこわいのだが、水着で、浮環をもっていると
これにて一件落着、というかんじ、いや、矢でも鉄砲でもこい、という気分で、すっかり
元気になって、
「しゅっぱーつ」
とオールをにぎっている類にいった。
類はぐんぐん漕《こ》いだ。うすい琥珀《こはく》色の、引き緊《しま》った肉体で、まだよく手入れがゆきとど
いていない、未完成のような青年の軀《からだ》つきだった。その軀の上に、いい感じの顔が載って
いた。いい感じ、というのは、彼は、笑ってもしかめ面をしても、卑しくならないような
顔なのである。
「危ない、うしろボートいっぱい！」
と私はいった。
「もうちょっとでぶつかるとこやったわ」
「うそ」
と類がいうのは、「ほんと？」というのと同義語なのである。彼の育った神戸地方のコ

トバの習慣では「ほんと?」といわずに「うそ」というらしくて、私はいつまでもそれに慣れないのだった。でも、今では、類がそれをいうと、とても可愛い口ぐせみたいに思えてきた。

海岸ちかくは木の葉を散らしたようにボートが一ぱい浮んでいたけど、でも沖に出るにしたがって、その数は少なくなった。

海はどこまでいっても青くなかった。それは悲しかったけれども、少なくとも塵芥《じんかい》はもう浮游《ふゆう》していなかった。そうして、水の冷たさは、心地よかった。私はふなばたから手をおろして水をかく真似をした。

私はふと、類がとても好きになる。ボートを漕いでいる、そういうことに力を用いているのは私のためでもあって、私のために一生けんめいやってくれてる男を見るのは、たいへん好ましいことである。

空だけは青かった。申し分なく晴れていて、島かげはたくさん見えた。

「そろそろ引っくり返すかな」

と類がいうので、私は引っ返すことだと思って、

「ウン」

というと、

「ええのん? よう泳がんくせに」

と類は綺麗《きれい》な目をみはった。

「引っくり返そうか、というたんや、このボート」

「いやアよ……」

私はどうしてか、水というものに根源的な恐怖感をもっている。泳げない人間というものは泳げる人間とは、人生観が全くちがう。

類は笑って、

「ちょっと浸《つ》かってごらん。浮環をつけてて。気持ええから」

といった。

「見てたげるから。手を持ってたげるから。せっかく泳ぎに来て、波打ちぎわだけではバカみたいやないか」

それで私は、こわごわ、海へ入った。足が着かないというのは恐ろしいことだ。私はお義理のように足をバタバタさせ、

「上る」

といった。

「まだまだ」

類はいった。私はまたしばらく、海にただよい、手はヒシとふなばたにしがみついていて、

「もう上るウ」

と泣き声を出した。

「十《とお》かぞえるまで！」

と類は小さい子供が風呂へ漬けられるようにいって笑ったが、引っぱり上げてくれた。

いれ代りに彼は海へ飛びこんだ。煽《あお》りでボートが揺れ、私は胆を冷やした。

類は達者に泳いだ。まるで、やっと本来の自分にかえった、というようにのびのびと水と遊んでいた。私はゆられるボートが心細かったので、類から目を離さなかった。もし類が私を心細がらせ、類に頼る気持をおこさせようともくろんで、沖までつれ出したのだとしたら成功だった。私は、今までになく、彼がたのもしく思われた。

「もう、かえってきてえ」

と私は、手でメガホンを作って叫んだ。

類はボートへ上ってきた。

あたりには、舟の影もなく、もっと沖合を大きな機帆船《きはんせん》がゆっくり通っているだけだった。

「誰もまわりにいなくなった」

と私がいったのは、心細いから早く岸へ戻ろうという意味だったのだが、

「ここでやるの？」

と類はいう。

「バカ」

と私は水を類にかけた。

泳ぎとボート漕ぎで、おなかが空いて、私たちは海岸の店でおでんだの、きつねうどんだの、ライスカレーだのをたべた。細いくせに類は、びっくりするくらいたべる男だった。

若い男の子の中には、あんがい食の細い子が多いけれども……。

私たちは、その日は、町営の国民宿舎に宿を取ってあったので、そこへ引きあげた。新しくて、綺麗な新建材のたてもので、冷房がよくきいていた。

食事は、まあまあ、というところだった。海辺だけれど、ことさら魚料理というのではなくて、ワカメの酢のものや野菜の煮たの、ちょうど宿屋でよく出る料理だった。

私がスタンプ帳をもっているので、類は、フロントへついていってくれた。

「ここの宿のスタンプがありますか?」

と私は聞いた。

頭の禿《は》げたおじさんが心からすまなそうにいった。

「ああ、スタンプはねえわ」

そうして、ふりむいて、別の男に、

「ちょくちょく、判コが捺《お》してえ、いう人がありますけえのう、作っとかにゃいけませんのう」

といっていた。

私たちが受付を離れようとすると、そこへ中年の男の人と、婦人が来て、また、

「スタンプがありますか？」

ときいていた。頭の禿げた人は、私たちに答えたのと同じようなことをいっていた。

夜中に、冷房は切れてとても暑かった。私は知らなかったが、類が起き出して、窓をあけたそうだ。

そういう点、類はとてもよく気がつく。というより、コマメなのだった。私はといえば、夜気がはいって涼しくなったので、いい気持になって、類の腕の中でのびのびと眠っていた。

翌朝は更に暑かった。早くにひと泳ぎして、そうするともう、その町を離れないといけない時間だった。

町は十七世紀に栄えた商港で、古びた回漕《かいそう》問屋が残っているということを聞いていたから、私たちはタクシーで町へいった。

「古い町なみがきれいそうね。そこを見たいわ」

私がいうと、類は、復唱して、

「古い家が並んでるんやろ?　そこ、車でいける?」

とタクシーの運転手にいった。

類は、私がいうことを、どうしても遂行しなければいけない至上命令みたいに扱う。でもそれは、すべて、彼が無意識にいうことである。

私は、彼がそういうとき、いつもちょっとある感動を受ける。とても類がいとおしくなる。

「古い家いうても——」

運転手の口調には、自嘲《じちょう》があった。

「まあ、田舎じゃけえなあ。小さいつまらん町ですらあ」

しかし、町のメインストリートの両側にはちらほら、それらしい、たてものが並んでいた。それらは太い梁《はり》や、がっちりした屋根を支えて、瞑目《めいもく》したように軒が低かった。京風のむしこ造りの家々もあった。その間に、突拍子もないという感じで、明るい電気店が挟《はさ》まれていた。それからあざやかな色の蒲団店が道路にまで商品をはみ出していた。

「どこを廻りますかなあ。これだけのものですらあ」

運転手は当惑したようにいっていた。

「倉敷でおりれば、見る所はあるのにね」

と私がいうと、運転手は、この町にはもう匙《さじ》を投げた、という様子で、

「へえ。倉敷はの。ここはもう、あそこにくらべたら、おえりゃアせんが」

といい、私と類は帰るみちみち、「おえりゃアせんが」を口まねしてきた。

暑かったのと、めんどくさかったので、私たちは倉敷でも下りなかった。

「車で来てたら、好きなとこで降りられるねんけど」

と類はいつもの口癖をいう。何かにつけて類の思考から、クルマをぬくことはできないみたい。

そして類ときたら、倉敷の町が、どっち向いてるものやら、美術館と町なみがいかなるものやら、関心もへちまもない、という感じだった。類はあまりそういうことには興味がないほうで、しかし私が、もしそっちに興味を示したら、いそいで注意を払う、というところがある。私はそこに、彼の可愛げみたいなものを見るのである。もしかしたらそれは「若さ」の可愛げかもしれない。彼にはあんまり定見なんてものがなくて（もしくはまだできてない）どっちにでもころびそうな感じ、私は正直にいうと、そこが類の好きなところである。

要するに類は、何もかもまだホンモノになっていないのだった。

私たちは郊外の駅で下り、バス停留所はいっぱいの人だったので、歩いて帰ってきた。

どっちもジーンズを穿《は》いて、私は白いシャツ、類は青い綿のシャツを着ていた。おたがいの腰に手をまわして連れ立って歩くのに、リズムというか、コツがいるのだが、私たちはもうすっかり、慣れた。そうしてぴったり寄り添ってあるくのが、誰とやってもうまくいく、ってものではないのを、私は知っていた。類にそういうと、彼はこれを第一の型だなどというのである。剣道や、空手に、きまった型があるように、あるくときのリズムが合うのを第一の型というのである。

「ほんなら、第二の型は？」

と私がきくと類は、長い背をかがめて、

「それはベッドで教えてやる」

と耳へいう。ほんとにもう、好きやなあ、類って。

私が、

「バカ」

と腰へまわした手にぎゅっと力を入れたものだから、しゃべりかけていた類は、シャックリのように声がとぎれ、二人で笑ってしまった。信号でバスが、真横に止っていたから、きっと誰か隣近所の人が「イチャイチャしてる」と思って窓から見おろしていたかもしれない。でも私は、仲の好《よ》いときはイチャイチャするのが、わりに好き。

いまに、したくてもできなくなってしまうときが来るのだから。

いや、そうではないかとぼんやり考える。

2

この離れはもと、若夫婦用にたてたということで、台所も浴室もちゃんとついていた。若夫婦はいま、外国へいっている。これは旦那の方が大学の先生だそうだ。

大家は、退職した市役所の偉い人で、いまもどこか関連の場所で働いているらしい。私はあまり見たことがない。病身のおくさんや、遠縁の四十ぐらいの女の人がいたが、広い家に少人数が雨戸を閉めて暮していて、よくわからない。いや、いつも使う部屋はむろん、雨戸もガラス戸もあけ放ってあるが、二階や北向きの縁は、きちんとした造作の雨戸が、一年中ぴたりと閉められてあった。私はそれを見るたび、なぜか、一生たのしいことを知らずに（知ろうともせずに、かもしれない）雨戸を閉めたまま生涯を送る人間のタイプというものを考えないではいられないのだった。

雨戸を閉めきりにしておく、というのは使わない部屋がたくさんあることなのだろうけれど、彼らの人生にとって、使わない部屋というものをもっていることは必要らしかった。

私は、母屋の婦人の買物するときに、行き合せることがちょいちょいあったが、いつも買物のカサはおそろしく少なかった。買物籠《かご》の中に、下にちょっぴり。卵が一箱、それに胡瓜《きゅうり》が二、三本というとり合せだったり、お茶の袋とキャベツ四半分、というものだったりした。それでいて配達人の声を聞くことはたえてなかったし、どういう食事をしているのだろうか。私の買物といえば、ショッピングカーにあふれるほどで、汗だらけになって坂を登ってくるのだが。

類が、ここへ移ってきて三カ月めになる。

今までにもよく泊っていたが、春の連休につづけて泊りこんだのをキッカケにして、あるとき、ステレオを担ぎこんできた。類の荷物というのは、主として服とステレオとレコードとギターである。私はきいた。

「家の人、ステレオ持ち出して、何も聞きはれへんのん?」

「売った、というた」

男の子たちはたえず品物を友人同士、譲ったり貸借したりしているから、自分のモノ、という観念はないみたい。だから、家族の人にもそう説明したのだろう。

自分のカラダも、あっちこっちへ譲ってるみたい。

若い男の子に、定職、という観念がないように、定住、という気もないみたい。げんに類は、私のところに住んでいても、また御影《みかげ》の実家へも帰るのである。そうしてそのまま自分の部屋があるのだから泊ればいいのに、十二時一時になっても、私の部屋へ帰ってくる。

そうかと思うと、風呂だけ向うの家で入ってきたりする。洗濯物をどっさり向うへ置いてきて、新しい下着と季節のものを引きかえに持ってくる。

類のお袋さんでもいれば、風来坊のような生活を咎《とが》め立てするかもしれないが、類は中学生ごろにお袋さんをなくしたそうである。女子大生の妹が一人、高校の弟が一人。兄は結婚して家を出ていて、父親は大阪に会社がある。この父親は再婚せずにいるが、類の話では京都に住んでいる女流画家と仲がよいらしくて、

「いまはやりの、別居結婚、いうやつとちがうかなあ」

といっていた。どちらも仕事と家族を抱えているので、同棲《どうせい》しないで、ときどき、どこかで会う、というアレである。

「ああ、それはええなあ」

と私は心からいった。

「類のお父さんって、イカスやないの、デキブツね」

私と類のあいだでは人間のランクにさまざまあり、デキブツというのは、最上クラスである。

「人間の結婚て、ほんとはそれが一番なんとちがうかしらん。いやなとこ見せないですむし、会えばゴキゲンでいられて長つづきするかもわからへんし、ね」

「オレはいややな」

類はきっぱり、いう。

「オレは好きなやつやったら、いつでも傍《そば》にいてな、いややな。いちいち電話かけて会う、なんてことしてたら、その気になったとき間に合わへん」

「その気てどの気」

「うるさい」

要するに類は（何べんもいうけど）若い男のくせに、あるいは若い男だからか、古くさい所がある。そこが私にはふしぎ。

「結婚でも同棲でも何でもかまへん。それは名称だけやさかい、どっちゃでもええねん——けど、かんじんなんは、いつもそばに住んでるこっちゃ」などという。

「そしていつもやるわけ？」

「どうして女の子が、やるの、するの、という」

類は顔をしかめる。

「そういうことを、女がいうてはいかんですなあ——女はレディでないといかん。なんべん叱ったらわかる」

類は私を躾《しつ》けようとする気はあるらしいのである。

「好きな子ができたら、いつもそばに置いてないと、僕はおちつけへんなあ。一緒に暮して、一緒にメシ食うて、一緒にオナラこいてこそ、おもろいねんで」

そこが、類の、へんに年よりくさい哲学なのである。

しかし私がふしぎだというのは、類はそんなことをいうくせに、仕事の方はちゃらんぽらんで、どこへ勤めても長つづきしない。類の親爺《おやじ》さんは、別居結婚というか、別居恋愛というか、私生活は適当であるが、仕事はきちんとしている。丼池《どぶいけ》に昔からあるタオル問屋の社長なんだそうだ。

ついでにいうと、類と私の間で用いる人間の格付けには三通りあって、ハイ・クラスがデキブツであり、いちばん下がニセモノである。そうしてそのまん中の、まあまあ、というところは「適当」と呼ばれる。

類は、私からみれば、私生活もニセモノで、人生哲学もデキブツとはいいかねる。住むところさえ、あっちへいき、こっちへ来、で、つかみどころなく、ふわふわ、ブルンブルンとゆれてる感じ、

「紅茶キノコみたいな人やな」

と大笑いになってしまう。

類たちの家のたばねをしているのは、伯母さんである。伯母さんは家政婦を使って家事をする。さらにその家政婦はよく替るのだ。

類は、帰るたんびに、家政婦の顔がちがっているという。伯母さんの仕込みがきびしいのかもしれない。

そんな家なので、類が家を出て外泊していても、目くじらたてて「ゆうべどこへ泊った」という人はいないのである。風の如《ごと》く来《きた》り、風の如く去る。父親にも時々、顔を合わしているので、マサカ荷物の半分が私の家に来ているとは誰も思わないらしい。

私も、いつのまにか慣れてしまった。裏庭のロープに干された私のワンピースと彼のシャツ、それが並んで風に吹かれてることに。

それから床に散らばる、永久に片づけられないたぐいの、こまごました男の小間もの——電気剃刀《かみそり》とか、カフス釦《ボタン》とか、ヘアブラシ（それは私の、象牙《ぞうげ》の柄の、やわらかな獣毛のブラシとちがって、かたいナイロンのもの）とか、必ず片方しかない靴下、男ものの週刊誌、レッドツェッペリンのレコード、いつも汚れている灰皿——私はあんまり煙草を吸わない——なんかに、かなり肌慣れした。

そうして、それればかりでなく、私はわりにそんなものが散らかっているのが好ましくなった。

私はずっと母と二人で、大阪の郊外の町に住んでいた。そんなとき、母の小さな体や、こまごました動作、音のないしぐさになれて、自分がとても男と暮せるようになろうとは思えなかった。男ってカサ高くて乱暴で、これではヒゲや体臭や咳《せき》払いに慣れることができようとは思えなかった。その時分、私はまだ会社勤めをしていた。そのうち、兄夫婦が家をたてて母を引きとってくれたから、私はひとりで住むようになった。

またそのうち、男の子が泊るときもあるようになった。けれども、つづけざまに泊ってゆくのは類ひとりである。そうやって、なしくずしに慣れたから、私は、男の雰囲気《ふんいき》に違和感をもたなかったのかもしれない。また、相手が類のように、フワフワ、ブルンブルンの、つかみどころのない若い青年で、男臭芬々《ふんぷん》というおそろしい、男くさい男でなく、紅茶キノコみたいな子だったから、よかったのかもしれない。

類と知り合ったのは、私がそのころ好きだった男の部屋である。その男は野呂といった。

野呂は選挙のときにいつもいそがしくなる男で、ふだんは何だか革新政党の事務所みたいなところで働いていた。野呂は忙しいので、向うからは連絡してくれないし、彼のアパートには電話がないので（呼び出しはあったかもしれないが教えてくれなかった）私は会いたくなると自分で会いにいくのだった。

たいてい、いないことが多いのだが、その晩は灯がついていた。私は大喜びで入ったら先客が二人いた。一人は松ちゃんといってずっと年上の、同じ政党事務所の仕事をしている男で、一人ははじめてみる若い男だった。

三人は湯呑み茶碗で焼酎《しょうちゅう》を飲んでいた。

野呂は私の突然の訪問を迷惑がっていた。

私は先客があるとは思いもしなかったので、帰ろうとすると、松ちゃんは、

「入ってもらえよ」

と野呂にいった。松ちゃんがやかましくすすめるので、私ははいった。そうして壁際に坐って、貼《は》り付けられたようにじっとしていた。私は野呂が好きだったが、彼は私をそう好きではないことがわかっていたから、彼の不興を買ったのではないかと思うと、怖くてかたくなっていた。そのくせ、何となく野呂の顔は愚鈍な印象があるな、と考えているのだから、女というもの、われながら分らない。

松ちゃんは小柄であたまの禿げた男で、前歯はぬけ、目は赤かった。要するに、気の毒だがどんなに高貴な思想を抱いていてもそう見えないような、みてくれのわるい男の一人である。若い青年のほうは、すらりとしてきれいな子だったが、じろじろと私を見ていた。

四人とも沈黙していた。私はしかたなく、野呂に向って、

「ご無沙汰してます」

と他人行儀に挨拶した。野呂は汚れた下着一枚の姿で、それに、前より太ったようだった。ムクムクして垢《あか》ぶとりしていた。

そんな観察をするのもへんである。私は野呂が大好きだったくせに、観察するときは冷たい目になってしまうのである。

窓はあけてあったが、野呂に早くあいたいと思って急いで歩いてきた私は、汗をかいて

いて暑かった。それに男三人の中へ割りこんでしまった緊張で、なお汗がふき出してきた。

「いま旅行から帰ったんだ」

と野呂がいった。

「そこで偶然会ったから、一緒にここへきたんです」

と松ちゃんはとりなすようにいった。

「どこへいったの？」

と私。

「金沢から能登。三日いってた」

野呂は事務所の連中と、党大会が無事に終った慰労会にいったんだ、といった。

そういえば、そのへんに土産ものの菓子包みや、旅館のパンフレットなどが落ちていた。

私は、私になんにも連絡しないで生きている野呂には慣れていたが、もし私だったら、旅先から絵葉書の一枚でも書いただろう、という気がした。お土産なんか、ほしくはなかったけれど。

私たちはまたしばらく能登の話をし、彼は旅館で飲んでばかり、という話などした。飲みすぎて海中へ転落し、ポリさんにたすけられてさ、などといった。私はきいた。

「向うで台風にあわなかった?」

「何ともなかった」

また沈黙。

「台風といえば、オレは九州で台風の眼に入ったことがある。大風が一瞬やんで、青空が見えるんだからなあ。オチョクッてるぜ」

野呂はそんなことを歯切れわるくいう。

「せっかく、こうして悦ちゃんが来てくれたのに、そんな話ばかりするなよ」

松ちゃんが、私のことをなれなれしく、悦ちゃんと呼ぶのも、私は気に入らなかった。

私はおちつきわるく、ハンドバッグをあけしめして、赤いハンケチを出して汗を拭いた。

も一人の若い青年がじっと視線をつけているのが感じられた。私はもう、泣きたくなっていた。

「何か話はありませんか」

野呂が困ったようにいった。

「なさそうですな」

松ちゃんがいった。

さすがの私も、さっぱり言葉があたまの中に浮んで来なかった。野呂の方は、私と野呂の関係がみんなに知られるのをおそれて、ことさら取りつく島もない容子《ようす》をみせていたけれど、それでよけい、ほかの男たちには分ったろうと思う。

「飲みにいきますか?」

と野呂がこまって提案した。

「帰るわ。あたし。べつに用はないの、また来ます」

私はお辞儀して出、戸をきっちり、しめた。

彼が追ってくるかな、と思ったけれど、とうとう来なかったので、しかたないな、と思った。

けれども、座にいた青年だけが追ってきた。

彼のことを誰も紹介しなかったので、自分で、「入江です」といった。入江類は選挙のアルバイトにやとわれたとき、野呂や松ちゃんと知り合ったそうである。

類は大学を中退していた。

「どうも、僕、最後までやりとげられへん性質らしい、何によらず、チュータイストなんかもしれへん」

私たちは角っこの大衆喫茶で、冷たいジュースを飲んだ。

「ここの店、朝六時からやってるよ。働きにいく人が朝めし食うていくねん。九時まで満員やで。僕、労務者もやったけど、つづかなんだね、チュータイストで」

そんなことをいう。類は人なつこい青年に思われ、私は、ああ、こんな男、ちょっと何かすると、すぐ女に金を貸して、というタイプにちがいない、と思った。（でもほんとうはそうじゃなく、かえって野呂みたいに傲慢《ごうまん》にかまえて、お前とオレと、何ンか関係あるように世間に思われちゃ困るんだ、というポーズをとっている人間の方が、安易に女から金を借るのである）（また、ほんとうはそうじゃなく、男と女と金、という三つ巴《どもえ》は、もっと深いからみあいかたをするものなのである。長く生きてると、あとになってわかるものである）

「峯《みね》サンは何をしてるの？」

と彼は私に聞いた。私は少女雑誌や、若い女性向けの本に、小説やよみものを、ここ何年か書いている、といった。

「うそ」

はじめて類のそういう言葉を聞いたので、私は、

「ホントよ、ほんと。ウソと思うんなら、野呂さんに聞いてみたらええやんか」

とまじめに抗議すると類は目を瞠《みは》った。

「ウソなんて、誰もいうてえへん」

「でも、いまいうた」

「あれはウソいうたんちがう。びっくり、しただけ」

そういえば、嘘、というアクセントは、感嘆のときの「うそ」のそれとはちがうようだった。「うそ」は一種の感嘆詞で、へーえ、ほう！　というようなひびきである。彼は、「野呂さんといえば、あの人に、峯サン惚《ほ》れてるでしょ」とだしぬけにいった。

私は用心して返事しないでいた。

「野呂さんなんか、どうしようもない、ニセモノや。やめとき」

そのとき、私は人間のランクをきいたわけである。

「じゃ、入江サンはなに？」

「僕は適当」

そのあと入った焼鳥屋のメニューには「適当」というのがあって、二人で笑ってしまった。適当二人前、といって注文したら、品数をいろいろほんとに、適当に取揃《とりそろ》えてあった。

そこを出たとたん、私はころんだ。石につまずいてか、すこし酔って足をとられていたのか、どっちか分らない。

「大丈夫？」

とあわてて手をとってくれたのは、ちょうど通りかかった二、三人の若い男たちだった。

「大丈夫よ」

私はいそいでいって手や膝《ひざ》がしらの土を払っていた。類が金を払って出てきたので、

「ころんでしまった」

と私は舌を出した。

こんな所を野呂に見られたら恥ずかしいのだが、類だと平気である。

「男の奴が通ったから、ワザところんだんちがうか、ニセモノめエ、こいつめエ」

と類はいった。

「あたし、適当よ。ニセモノとちがう、と思うな」

「どうかな。ワザところんで喜ぶような人やで。あんたは」

「フン」

「男という男、みんな、自分にみとれてると思てるやろ。みとれへん男がいると、ころんでみせて注意引いとんねん」

私はこの解釈も気に入った。というより、類の描写する私と、私自身こうありたいと思う私が、いっしょなので、彼といると、とても呼吸《いき》がしやすかった。

類は、腕を私の腰にまわしてあるいた。

「あるきにくい」

と私がいうのは、類の背が高すぎるからである。

「すぐ慣れる。ごらん」

と類はいった。焼肉料理屋のショーウインドーは向うが鏡になっていて、私と類が映っていた。

私はあんまりお化粧したことがなく、髪も癖のない髪を肩まで垂らしているだけだった。

私はとてもイキイキしていて、イイ顔をしていた。類も、若くて綺麗にみえた。綺麗な男でも、若々しさの感じられない男がいるけれど、類は肌も眼も歯も、それに何より、表情が綺麗だった。私は、腹黒さのない、「うるわしさ」のようなものが、この青年の顔の中にあるなあ、と思った。そうして「うるわしい」などという日本語《ことば》を知っていてよかった、と思った。もし使うとすれば、類の表情にしかないんだもの。

類と私の背はとってもちがった。

類は一メートル七十五センチもあるのに、私は一メートル五十センチしかないのだった。それで、類は私のあたまのてっぺんへ、らくらくと顎《あご》をのせることができた。

「何か、ぴったりしてるね」

と類は鏡を見ていう。

私はほんとにぴったりという感じだと思った。私は、私もほんというと、〈うるわしい女だ〉と思っていたのだが、今まで私にそう思わせてくれる人間なんか一人も出あわず、ましてや、そういってくれる男はいなかったのだ。でも私は、類と並んでみて、何か共通点みたいなものを発見せずにはいられなかった。

どこか、ぼうとして、現実らしくなくて、それでも相応に狡猾《こうかつ》なところがあって、それ以上に、バカみたいに素直で。

私は、類が「すぐ慣れる。ごらん」といった言葉は、上下で分離するものなんだな、と気付いた。「すぐ慣れる」は「あるきにくい」にくっつくのだ。「ごらん」は「何か、ぴったりしてるね」にくっつくのだ。

私たちは、焼肉屋のショーウインドーに眺め入るふりをしながら、その奥の鏡にうつる私たちの姿を見ていた。類のぴっちりしたジーンズの細い腰だとか、私の、短いスカートから出ている短い脚だとか。ほんとに、どこかしら、うまく釣合いのとれた一対という感じがした。

「お似合いね」

と私はいった。

「何がお似合い」

と類はいって、私の耳に口を寄せて、

「ぼくはお似合いのスケベエになりたいなあ」

「それこそ、ニセモノよ」

私たちはにぎやかな商店街の大通りをあるきながら、そんなことをいってゲラゲラ笑った。そこはこの町一ばんのにぎわしい大通りで、私は、大都市に挟まれた近郊都市の目ぬき通りの雰囲気が好きだった。ちょっと田舎くさくて、がやがやして、店の格にバラエティがあって、思いがけないものを売ってたりするから。貴金属宝石店のとなりに焼芋屋が並んでいたり、高級呉服店のとなりに、安物小間ものの屋台——ゴム紐《ひも》や軍手や、カタン糸なんかを並べている店がつづくからだった。

私と類は、横丁へ入ったところで売っている綿菓子を買ってたべた。秋のはじめだけれどけっこう暑くて、風鈴がどこかで鳴っていた。

3

私が料理をしている間、類は上半身はだかになって、下はデニムのズボンひとつで、窓に坐り、ギターを弾いていた。

そうして弦を押えて音を止めると、

「黴《かび》のにおい、せえへんか」

と私をふり返っていう。

「黴？」

私は皿を居間へはこびながらいった。

た。


「何で、黴のにおいが」

「わかった、母屋が何か、干してるらしい、倉をいま閉めてるもの」

窓から生垣ごしに、類には見えたらしかった。

そのころになって私も、夏の夕べのもの憂い風に乗って流れてくる黴の臭いに気付いた。

母屋のおとなしい人々は、音もなく虫干ししたり、それをていねいな手付きでたたんで蔵《しま》いこんだりしているらしかった。どれほどの財宝を貯えているのかわからないが、彼らはまるで、人に見せてはならないもののように忍んで、それを拡げたり干したり、しているように思われた。ご苦労千万である。

「道具もちでなくてよかったね」

と私たちは言い合って食卓をととのえた。

「しかし金は欲しいなあ。金と悦ちゃんがあれば、オレ、何も要らんなあ」

類はギターを投げすてて椅子に坐った。私が赤いペンキを塗り、赤いギンガムの生地を貼って修理した椅子。

昨日、旅行に出るまえ、冷凍のオヒョーの切身を買っておいたので、大いそぎで私は作ったのだった。琺瑯《ほうろう》のきれいな鍋《なべ》にマッシュルームや魚を入れて白ワインで煮たてたものである。生クリーム入りのこってりしたソースをかけてあって、とてもおいしいので、私たちは残ったソースをパンでふきとって食べてしまうくらいだった。最後の一とすくいを、私と類はジャンケンした。私が勝ったのでソースは私がきれいにすくって食べ、ワインは類が、最後の一滴を飲んだ。

「おいしかった?」

「おいしかった!」

類は、

「あんまりおいしすぎて泣けそ」

といいながら皿を運ぶ。

「あたしの料理、かなりのもんでしょ」

「なあに。二人で食べたら何でもうまいねん」

阿呆《あほ》ちゃうか。ちっとも熱が冷めてない。

本気でいうてる。

この間、友だちの毛利篤子に電話して、

「熱ちっとも冷めないんだ、困ってしまう」

というと、

「アハハハ。いま何カ月。いっしょに住んで?」

ときいた。

「三カ月――かな？」

「それじゃ、お熱のさかりよ。同棲ざかりでありますねえ」

篤子はうれしがっていた。

「当分まだつづくねえ、それなら」

「いつごろ冷めるのかしら」

「ウチみたいに十年もつづくのがあるからねえ」

「冗談じゃないわ」

と私はおどろいて電話を切った。篤子のところは評判のあつあつ夫婦で、十年たった今でも、篤子は旦那の顔をいくら見ても飽きないそうである。尤《もっと》も、旦那の方はどうか分らないが、しかし旦那も、

「アッコ、アッコ」

と呼んで、いつも、どこかに手を当てている。肩にさわったり、腿《もも》に手をおいたりする、ヘンな夫婦である。旦那は黒ぶちの眼鏡をかけた、マジメな四十男で、かなり儲《もう》けるという噂《うわさ》がある。

類ははじめ、スナックのアルバイトをしていて、皿はこびで食べていたのだが、チュータイストだから、ひと月で「ケツ割って」しまった。

次に、親爺の店のタオル問屋を手伝わされたが、これもダメで追い出されてしまった。

父親から、

「ヨソのメシを食うてこい」

と叱られて、同業の店へあずけられた。そのころ、私と住み出したので、これはかなり、つづいている。私は、月末に彼から月給を貰う。月給袋はみせないけど、金を渡されて、

「これでやれ」

と彼がえらそうにいうのを聞くのは大好きである。私は、その金が一週間と保《も》たないことをいう気なんかないのだ。

男の金でやってる、なんてことを考えるのが好きだ。ほんとうは、私の稼《かせ》ぎでほとんど食べてるのだけど、そんなことは類にいわない。類は全然、知らないんだと思う。

知ってて、わざと私に出させて知らん顔している、という男ではないと思う。類は本質的にお坊ちゃんで、遊びに出す金は、金と思うけれど、生活費の金は、金と思えないらしい。葱《ねぎ》やトイレットペーパーや歯みがき粉に使う金は、ドブへ蹴《け》込《こ》むような気がするのかもしれない。

「悦ちゃん、今夜、仕事すんの?」

と類は聞く。

「せえへん。疲れるもの」

私たちはテーブルに肘《ひじ》をついて冷たい紅茶を飲む。

ひとくち飲んで、類は、私の頬に垂れる髪を掻《か》き上げ、

「黴いうたらなあ、僕、学校の合宿思い出すねん。蒲団が黴くそうて。でも、あのにおい、なつかしいけどな。あれ夏休みの臭いや」

「そうね、黴のにおいって好きよ」

私はにっこり笑った。

「類ちゃんの好きなもんは、みんな好き」

「ええかげんにせえ！　年、なんぼや思とんねん」

「三十一」

「恥ずかしい、思え！」

これは、私たちのきまったセリフで、三カ月、

「おんなじことというてる」

「よう飽けへんもんや」

と二人で感心する。三十一、という私のトシは、トシだけ、どこか、だれか、遠い親戚《しんせき》のオバサンのような感じで捉《とら》えられる。

トシだけ、ひとに取らせて、私はべつの私で、ここに坐ってる感じ、しかし、「三十一」というトシは、類と私の、とてもおかしい冗談の対象になるのだ。私が類より早く、何か

しようとすると、類は一喝して、

「せくなあわてな、この三十一！」

という。

また、たとえば、私の書いた十冊ぐらいの少女小説の本を見て、

「三十一は、こういう小説が好きなのかねえ……」

などという。

まるで、三十一、というべつの人格があるみたい。

私、思うんだけれど、人の霊魂がその人のうつし身を離れてただよっていくように、年齢も、その人の肉体を游離《ゆうり》して出ていくのではないかしら。

それからして、私は類が、二十二だったか二十三だったか、二十四だったか、わすれてしまう。

「三十一」が独立して、私自身の肉体的年齢から離れてゆき、私たちのジョークの慣用語になったように、

「ええ年して！」

というコトバも、頻繁《ひんぱん》に用いられる、たのしい冗談である。これは、私が、類のことをいうときもある。

「ええ年して、『白鳥のわかれ』とは何ですか」

と類は私の本を見て笑う。

でも私は好きなんだ。

そういう風に書くと売れるから、とか、こんなのしか書けない、というよりも、私が、こんなタイトルの少女小説を書くのが好きだからだ。

「せきあえぬ涙」

「あじさいの花咲けど」

なんていうタイトルが好きなんだ。そうして、生みの母とめぐりあうとか、幼なじみの少年と別れる、とかいう小説を書いている方が好きなのである。

「いまどき、そんなの、読む子がいてんのん?」

と類はいうが、私の小説にも、かなり固定した少女読者がついているのだった。「沢あぐり」という私のペンネームは、少女雑誌の読者なら、知っているはずだった。私は、自分の仕事がとても好きだったし、うまくいっていて、それに、ありがたいことだと思っていた。好きな仕事をして、たべていけるので——。ときどきは、本も増刷されるところを見ると、

「かなり読者もあると思うの」

「うそ」

と、類はいった。これも「フーン」というところである。類は、およそ本はよまない男

なので、まして少女小説なんかに趣味はなかった。それで、私が、こういうハカナゲな、オモチャのような小説を書いてたべているということをすぐ忘れて、私が机に向っていると、つまらなそうな、寂しそうな顔をするので、私は類のいるときは、仕事はしないのだ。

　それに私はヘンなくせがあって、書きながら笑ったり泣いたり、するから。私は、「三十一」という年にもかかわらず、自分で書いた小説に自分でかなしくなって、泣いたりすることがある。

　いや、すでに何年も前に書いた「白鳥のわかれ」という小説でも、いま読んで泣いたりするから、ほんとうに、始末がわるい。

　類の前で泣いたりしてるとこまってしまう。

　類は、最初、洟《はな》をかみながらペンを走らせている私に、ちょいちょい目をあてていたが、たまりかねたように、不機嫌な声で、

「どないしてん」

　といった。

「一人で泣いてられたら、気ィわるいやないか」

　というので、私は、泣き笑いせずにはいられなかった。

「ちがう。これ、悲して泣いてんのちがう。悲しいことは悲しいけど、これ、小説でかな

しいねん」

と私はハンケチで涙を拭いた。

類はびっくりして、

「うそ！」

と叫んだ。

そうして、私を見て、それが本当だとわかると、

「けったいな奴ちゃな！」

と、あらためてびっくりした。

「ああ、もう！　悦子って好きやなあ、そんなアホなとこ！」

しかし私は、初恋をあきらめてヨソの家へ養女に貰われていく少女の心を思うと、なぜか涙が出てくるのだった。自分で考えて書きながら自分で泣いていたのでは、どうしようもないけれど。

それから、「白鳥のわかれ」みたいに、母と死に別れる少女の話なんか書いていると、私はしらずしらずのうちに涙が浮んでくる。べつに私は母と断ちがたく結びついている、というのではないけれど、もし私も母に万一、ということがあったら……などと思うと、しぜんに悲しくなり、ハンケチをぐしょぐしょにしながら、いくらでも書き進められるのであった。

そういうところも、野呂だったら見せられないが、類だと平気である。そこもふしぎ。

「泣いてしもた……」

といって、涙に汚れた顔を類に見せて、

「バカな三十一」

といわれながら、タオルで顔を拭いてもらう、そういうのが好き。

首都の編集者たちは、必ずしも私に親切ではなく、あるときは、一冊分の小説などびっくりするように安い原稿料だった。

電話があったとき、ついでに、おそるおそる、

「あのう、少しあの原稿料は安いように思うんですけど」

というと、安いと思うなら、ウチはべつに採用しなくてもいい、というのだった。少女小説の市場は狭まっているのである。

「そんなとこ、やめてしまい」

と毛利篤子はいうのだが、でも私は、断ることができなくて結局、そこで付録の小説を出した。夏休み特集号の付録だから、活字の好きな少女たちが読むかもしれない、と思って、私は一生けんめい、書いたのだけれど。

毛利篤子も、十年ばかり前、少女雑誌全盛のころ、少女小説を書いていた仲間の一人である。彼女は旦那を見つけて、物書きの足を洗い、手芸家になってしまった。

「どうせ、これからはマンガや劇画ばっかり、ふえるのやろうし、少女小説も先がみえてるよ」

と篤子はいっていた。しかし私は、活字でしか心の充たされないタイプの少女たちはいると思いたかった。それに、若い女性向けの雑誌がだんだんふえて、私は雑文をすこしずつ、それらに売ることができるようになっていたから。——何より、この仕事よりほかのことは私にはできないのだ。私は会社に勤めたことがあったけれど、どうしてもつとまらなかった。

私は伝票の計算をかならず一枚二枚、おとしてしまうのだった。

出金伝票と入金伝票と、ややもすると書きまちがえるのだった。

伝票を帳簿につけていくとき、こまかい罫《けい》や数字を見ると、うんざりした。私は器用な方で、そろばんも何でもするのだが、いつも死ぬほど退屈していた。

それに、ロクな男にも会わなかったし。

といって、勤めをやめてから、いい男にぶつかったというのではないが、まあ会社づとめは、相性が悪いのだろう。

それで、類が、会社勤めがきらいだということ、チュータイストだということで、類を責めることもできない気がするのだった。

そんなところも、私と類は「似合い」で、「適当」同士であった。

ただ、出来たら、ちゃんと勤めてくれれば、というのは、類が月末に、と私に札の何枚かをつきつける、その心地よさを類のために、確保しておいてやりたい、という気があるからだった。私は、私の収入で類が食べてくれてもいいのだが、もし類がそれでいやな気分になるようだったら、こっちまでこまるから、できれば、形だけでも（というのは、本人がそう思いこんでいるだけでも）類が稼いで生活費の面倒をみている、そういう恰好だけつけてくれれば、と内心、願っているのだった。

「これでやれ」

私のベッドは古道具屋で買ったもので、ナチスの将校が使うような鉄製の古めかしいシングルだったから、それはいつも昼寝用になった。私たちは夜は板の間に蒲団を敷いて、もぐりこむ。窓をすこし明けておくと、水のような冷気が入ってくるから、寝やすかった。神戸と大阪のあいだ、というよりむしろ北摂山系にちかい山手なので、夜は、樹や草の匂いが強くて、私は好きだった。そのために、私は割合たかい家賃をよろこんで払っていた。母や兄は、私の将来のために、借金してでも便利な土地のマンションを買うようにすすめていたけれど、私は土や、樹液の匂い、しめった草や、葉のにおいが好きなのだった。それに勤めなくなったから、もう、都心へ出る足の便など、考えなくてよくなったし……。

「まだ黴のにおいがしている」

と類はいう。

類は、夏の間、夜寝るとき上半身いつも裸である。パジャマは下半分しか要らない。

「黴の匂いを嗅《か》ぐと、東南アジアを思い出すわ」

と私はいった。

「いつ行ったん」

「もう九年か十年前よ。アルバイトしてお金をためて、アンコールワット見にいったわ。石造りのたてものが黴くさいの。それに蝙蝠《こうもり》の糞《ふん》の臭いがまじって、こわかったな。石にはみんな黴が生えてた。知ってる？　あれ、四百年も、密林の中に埋もれてたの」

「誰といった」

類は、アンコールワット遺蹟《いせき》なんか興味なくて、私の同行者ばかりせんさくする。

「団体よ、もちろん。女の人の多い団体。朝、目がさめるとジャングルの上に、アンコールワットの塔がつき出てるのがホテルの窓からみえてね。……ピンク色の夜明けの空に浮んでるの。石段を幾曲りもしてるうち、ふとまわりを見廻したら、何十メートルもある巨大な人間の顔のついた塔に上ってるの。まわりは誰もいなくて、ニターと笑う石の像の顔が四方からみおろしてるねん……」

私はどうしてか、こわい話のときも涙が出てくる。これはなぜだろう。涙腺《るいせん》のしまりがゆるいのかな。

「その塔の高いこと、いうたら。目もくらむみたいで、上るときはなんの気なしに上るんやけど、もう、下りられへんねん、怖うて……。下見たら足がすくんで。うしろみたら人間の顔の石の壁がニターとしてるし、下りよう思うと、高い階段やし……。あれ、いっぺん類ちゃんと行きたいな、きっと……」

「おッ、ネズミ！　こん畜生！」

　と類ははね起きた。

　小さなネズミがすばやく台所を横切り、換気のためあけてある廊下のドアへ消えた。

「いつも出る奴や、モノサシないか、モノサシ！」

　私は類の腕に手をかけてささやく。

「どうして」

「だめよ、ネズミは復讐心《ふくしゅうしん》が強いもの」

「どうしてか、知らんけど。おばあちゃんがいうてたわ。ネズミは耳もええから、ワルクチもいうたら、あかん、て」

「うそ」

　類は私が声をひそめたので、しぜんに自分も小さな声になった。私は更に小声で、

「ネズミがアダをするんやて」

「うそ」

「ほんと。わるいことをした人の着物だけ破ってたって。ネズミって賢いのよ――それに、仲よしがいて、ネズミに知られない、と思ってても、その仲よしに見られたら言いつけ口をされるんやて。仲よしはトンビよ」

「トンビ」

「おばあちゃんは、お隣りからネズミ取りを借りてくるとき、前垂れの下にかくして借りてきたわ。トンビが空から見つけてネズミに言いつける、いうて」

「うそ」

というが、類はちょっと信じている顔つきである。だからこの返事も、「フーン」という感じ。

「そういうたらぼくの友達も、ハチに刺されよったことあるねン……子供の頃やけど。小さいハチの巣をみつけて叩きつぶしたんやて。それで一日、原っぱであそんで夕方、帰りかけると、どこからともなく、凄《すご》く大きなハチが来て、えらい刺されよってん」

「それは巣を叩きこわしたからでしょう」

「ちゃうねんて。叩きこわしたハチの方は小さなハチや、いうてた。小さいハチが大きなハチに言いつけよってんなあ」

「うそ」

と私はいい、二人で笑った。類はちょっと私にキスして、

「水割り飲もか？」

という。また伝染《うつ》った、私も飲みたかったとこ。類が露のついたグラスを二つ持ってきたとき、私は蒲団の上で泳ぐまねをしていた。

「うまいやろ！　泳げるんやから。あたしも」

「うまい、うまい」

類は私のパジャマのお尻を一つぶった。

「りっぱなもんや！　凄いクロールや」

「うそ」

私たちは足を組んで坐り、冷たい酒をすすりながら、いい休暇だった、といい合った。

類の会社は夏休みに二日、休暇をくれるだけらしかった。日曜を入れても、三日しかない。類は家に一日帰っていたので、のこる二日の休暇を、私たちは有効に過した、というわけだった。

「ああ、くそッ、車がほしいなあ！」

と類はグラスを握ったまま、叫んだ。そして、またぐっと酒を飲んだ。

類は去年、免許を取ったけれど、車はまだ買えない。親爺さんは、金も車も貸してくれないそうである。兄貴も車を持っているがこれも貸さない。親爺よりケチで、かつ説教魔だそうである。

「お前、大学はヤメてまうわ、どこへつとめてもケツ割るわ、して、いったいどうするつもりやねン。オノレの年齢《とし》考えてみい！　フラフラしやがって。半人前のくせに車どころの騒ぎか」

というそうである。私は「半人前」という言葉に感心した。類にぴったりだと思った。

人の思うことは一緒だと思った。

「車があったらなあ。いつでも、どこへでも悦ちゃんといけるやろ」

類は私を引き寄せて、あたまのてっぺんにキスをした。

「ゆきあたりばったりに泊ったり」

こんどは髪をかきわけて、うなじを露《あらわ》にして、そこへキスする。

「ああ、ここは日焼けしてなくて白いな……汽車のキップがどうの、交通公社がどうの、といわなくてすむ。夜中でも出かけられるし……」

と、こんどは背中にキスする。

とても熱い。皮膚が痛いくらいの熱い息。

「これは、お灸《きゅう》デース」

と類はいう。

「お灸据えられるほど、わるいこと、してへん」

「した」

「何を」

「ぼくをこんなに好きにさせた」

きゃッ。なーんですか。

「ネズミが笑《わろ》てはるわ」

ほんとに、キリない。

類といると、時間がどんどん経《た》っちゃう。キリないから、もう寝よう、ということになるのだった。この調子では、毛利篤子のところみたいに、あっという間に十年経つかもしれない。

私はやっとわかった、私という人間は、誰かある人とつき合ってるとき、そのひとののどこがいやなんだか、わからない。なぜこう、ちっとも合わないのだろう、向うの調子とこっちの調子が合わなくて狂うのだろう、ということばかり考えている。それもハッキリつかんでわかってるのでなく、何となく漠然と感じている。

そうして、運命が次の人と会わせたとき、その違和感の実体がぱっとわかる。

次の人と私があんまり合うので、前の人の合わない点が具体的に浮び上ってきて、指摘できる気がする。つまり私は、類が、私を腋《わき》の下へ抱きこむようにして、手や足がいつもいくところへぴたっといって、かたちがきまったとき、彼が、

「これが第二の型」

といったりするときや、また、ふかいためいき、すべすべするおたがいの膚《はだ》、なんかを感じ合いながら、類がぴたッと私に貼りついていて、

「ええなあ。どこもかしこも、ぴったしに合うねんなあ……」

なんてためいきをつくとき、それから、二人並んで、彼が新しい煙草に火をつけて私にくれて、自分も一本咥《くわ》え、腹匍《ば》いになって、おたがいに最初の一服の煙を吐き出すとき、そんなとき、私は、昔、私が好きだった野呂が、どんなに私とちがっているかがわかった。

野呂は、私が行くと、いつもちょっと、

(ああまた来た、うるせえな)

という感じの躊躇《ちゅうちょ》を表情に浮べたものだ。

私だけの思いすごしではないことが、類とくらしてはじめてわかった。

類が私に惚れてるので、私が野呂に惚れてた度合いもわかる、というようなもの。

類が、デリケートな舌の先で私の耳を嘗《な》めて、お灸のような熱い息を吹きこんで、

「食べてしまいたい」

というとき、私が熱っぽい視線をあてるためにいつも辟易《へきえき》していた、野呂の気持がわかるわけである。

でも私は野呂のようにつれない人間でもなく、類がきらいでもなかった。それで類が、

「デンキ」

というとき、私は、類の肩とか首とか、てのひらとかに手をあててやった。

これは、私と類のあいだのコトバで、どこかに手をあてることを電気マッサージというのだった。

類は、私の手から電気が出て、それは類の体にとてもいいのだ、という。（類の方からは出ないらしい。甘エン坊！）それで、いつもどこか、触って、じっと手をあててくれ、という。私はそうした。

「あんまり好きになると助かりませんねえ、……どないしょうかな。オレ」

と類はいう。

「もうちょっと、好きにならんようにせな、あかん……」

「うるさい、くそばか。早《は》よ寝てしまえ」

私がいうと、類はうれしそうに笑った。そうして、ほんとに、電流が通じたように、スヤスヤと眠ってしまう。眠ったと思って私が類の肩から手を離すと、寝呆《ねぼ》けたままの声で、

「あかん、もっと」

というのだった。私は彼を甘やかせているんだなあ。窓の星を見ながら思う。

窓の下でピチャピチャと小さい水音がする。

あれは甕《かめ》の水を猫が飲みに来たのだ。

朝はぎりぎりまで眠っているので、朝食を類はとらない。牛乳一本、たまにトーストを一枚ぐらい、立って食べる。

「このごろ、遅刻せえへんの？　こんな時間で……」

と私はいった。

「前はもっと早う、家を出てたやないの」

「ええねん」

類は短くいって、何だかそれについて話はあまりしたくない感じ、

「ああ、こんどの休暇はいつかなあ！」

といい、更に、

「車があればなあ！　高速へ入ったら半分の時間ですむのに」

といって出ていく。全く、類だけでなく、若い男というものはいったん何か考えつくと疥癬《かいせん》のようにそれに固執して、だんだん、ひろがらせていく。

オカネ。車。女。

若い子の好きなのはそれだけみたい。甘エタ（甘えん坊、という意味の大阪弁である）なんだ、と私は思っていた。

休暇を利用して、海水浴にいく前は、

「海へいく、海へいく」

と呪文《じゅもん》のように毎日やかましく言い立てていたものだ。

木のテーブルの上で仕事をしていると、風でとぶので、いそいで紙きれを押えなければならなかった。電話が三つ、一つは首都の雑誌社の編集者で、あと二つは母と毛利篤子である。お袋は田舎から桃をたくさん貰ったから取りにきなさいというもの、篤子は旦那が仕事で一週間、家をあけてるので、遊びにおいで、というのだった。類を見たいのかもしれない。

私は類のシャツやジーンズが、壁に掛っているのを見るのが好きだった、彼のいないとき。彼のギターに触れて、ちょっと音を立てることとか。

類のシャツを見ていると、彼の食べ方が目に浮んでくる。箸《はし》をてのひらで握るような、子供っぽい持ち方をして。（彼の鉛筆の握りかたにも、微笑をさそうような点がある）

そういう思い出にかこまれて私は仕事をするのが好き。ひょっとしたら、そんな男の子がいる、そしていま留守にしてる、そういう状態が好きなのかもしれない。私に惚れてる男の子が、いまはいないけど晩に帰ってくる、それまでの孤独、というのが好き。

4

　私は料理をしていた。私はテレビのＣＭに出てくるような、いかにも主婦が働いています、というみたいなエプロンがきらいなので、ペンキ塗りとか大掃除のときでないとエプロンはしない。メリヤスシャツにジーンズのまま、はだしでシチューを煮ていた。片っ方で素麺《そうめん》をゆでる。へんな取り合せ。

私は髪を耳のうしろに挾み、吸いかけの煙草をおいて、シチューの鍋をかきまわしたり、青紫蘇《あおじそ》の葉を刻んだり、錦糸卵を浮かせたり、していた。そうして、今日、画の横に添える歌を書いたのだが、最後をどう続けようかなあ、とぼんやり考えていた。それはこういうものである。

「お城に仕える侏儒《こびと》フランクフール

城主の姫に恋をした」

フランクフール、というのは、おひるのオカズに、私、二本残ってたフランクフルトソーセージをたべたから何気なく書いたんだ。

「バラの蕾《つぼみ》の姫は十六

雄々しき騎士のおもいびと
みどりの空に　鐘なり渡り
今日ぞめでたきご婚礼

哀れな侏儒フランクフール
宴《うたげ》の庭のおどけ役」

そこまでしか出来てない。私はみんな料理ができたので、シチューのガスもとめて、窓に坐っていた。いつも類がやるみたいにギターを弾いて、私は弾けないんだけれど、もしかして、類がこれにフシをつけて唄ってくれないかなあ、とデタラメを弾いていた。

薄暗くなったころ、車の音が生垣の外でとまった。このへんは住宅街で、通路の幅がせまいから、駐車禁止のはずなのに、と思っていると、類が帰ってきた。

「外へ出てみる?」

彼はにこにこしていた。ズボンや上衣《うわぎ》を大いそぎでぬいで、ジーンズと綿シャツに着かえ、

「車借りてきた!」

「車?」

私はギターを抛《ほう》り出して窓から見ようとしたが、私の背では見えない。

「レンタカー借りた」

言い出したら待てしばし、がないのだ。辛抱する、がまんする、ということができないみたい。欲しくなると矢も楯《たて》もたまらないらしい。

「車で会社へいくため?」

「あほ、ちゃうちゃう、あした、仕事の都合で休みになってん、それで大いそぎで借りてきた。あした一日、乗り廻して遊べるやろ! いや、生き甲斐《がい》を感じますなあ」

類の陽気が私にも伝染って、うれしくなってきた。「侏儒フランクフールの唄」のつづきは、また、あさって考えることにする。

「車、見たい? 見とない? どっち?」

と類はせかす。

「見たい!」

出てみたら、ブルーバードのツードア、ぴかぴかの新車で、象牙のような色だった。

「廻ってこようか? そのへん」

「御飯は?」

「メシなんかあとでええ、いちいち水さすな、バカモン」

「すごい鼻息」

私は類がずうっと前、一度、会社の車を運転してお昼にちょっと帰ったとき、十分ほど乗せてもらったことがあった。類の運転は下手ではなかったが、ときどきスピードを出しすぎて、あおりをくらって仰向けになったり、つんのめって胸を打ちそうになることがあった。

「夜のドライブも悪うない」

「どこかで御飯たべてもええね」

私はいった。私も類と同じで、何か楽しいことを考えつくと、トメドがなくなってしまう。横の運転席に坐りこんだ類が、ニヤリと嬉しそうに笑うのが感じられた。

「そうそう。そうして今晩はここで寝よう。オレ、車あったら家なんか、いらんわ」

窓の外はかなり暗くなっていた。片側は中学校の校庭で、片側は栗の木の植わった公園の間を車は走った。まだ青い小さい栗のイガがボンボンのように頭上に垂れ下っているこの道を、私は散歩するのが好きだったけれど、車で走りぬけるのもずっとよかった。

窓をあけていたので、風が入ってきた。類は片手でラジオを探して、でも、いい音楽がなかったから、また消した。人の声のきこえるシャベリは、私たちの会話の邪魔になるから。

「あしたは山へいく？　海はもういったから」

「ほんとに休めるの?」

「うん。このくそ暑いのに働いてばっかり居《お》れるかい。体にまで黴がきてしまう」

「どこへ触ったらええのん?」

「何が」

「類ちゃんに勤労意欲を起させるところ。手をあててデンキを通じたいのよ」

「その筋肉はもう死んでるらしい」

「見込みないか」

と笑い合った。

「親爺さんのスネ、かじってれば?」

「いや。ウチの親爺はへんな奴やねん。自分のことは自分でやれッていう。その代り、年とっても面倒みて要らんのやて。——親は親、子は子ッていう」

「それは合理的でええけどな」

夏の夜の風や、しめった土のにおいもすてきだった。私立の女子学園の裏に、小さい池があって、梔子《くちなし》の花がまだ咲いていた。食用蛙《がえる》が牛の遠吠えみたいに啼《な》いた。梔子のにおいが強くて、ドアをあけると車の中まではいってきた。車を止めて灯を消して、ついでに両方のドアを開け放つと涼しかった。私たちはたっぷり涼んで肌を冷たくしてから、高台を下りて町へ入り、駅前の、私たちがよくいくスナック「花」で、美味《おい》しいパンとスープとエビコロッケをたべた。

「車で来たの？」

まだ若いけど鼻の下に黒々とした髭《ひげ》をたくわえたバーテンのキヨちゃんがいった。車は軒下にとめたから。

男二人は車の話をしばらくした。

家へ帰って来て、置き場所がたいへんだった。母屋には、大門さえあけてもらえば入れる場所はあったが、もう遅いので森閑としており、たのみにいくのは憚《はばか》られた。母屋の人々は、たらふく飲み食いすることはかつてないのと同じく、気が向いたら夜中までおきて夜ふかしするという習慣もないようだった。

「バック、バック……」

と私は小声で誘導して、離れの軒下まで車を突込ませた。離れの門は別になっており、そこを開け放っておけば、車は往来よりも引っこむのだった。

「いつまで借りられるの？　あれ」

「いつまででも。金さえ払えばええねんから」

私は、もうちょっとで、とても高いもの？　ときくところだった。レンタカーの借賃なんてわからない。

翌日も快晴である。私は車の音で目をさました。類はもう起きて、車を往来へ駐《と》めようとしていた。それを見てると、まるでめずらしいオモチャを貰った子供みたい。

（女の人が、子供を産んだときも、そう思うのかなあ）

と私は考えた。私はきっと、子供って、すてきなオモチャだろうと考えていた。そういえば、私によくいろんな話をきかせてくれた母方のおばあちゃんが、はじめてテレビを家に購入したとき、

「あさ、目がさめてねえ、テレビがあると思うと、楽しくてうれしくて。ちょうど、何十年か前、お前のお母ちゃんが産れたときと同《おんな》じやったよ」

と私にいったものだ。おばあちゃんは、ネズミとトンビの話だけでなく、そういうへんな話をたくさん聞かせた。

若い男の子には、車というのは、はじめてできた子供みたいなのかもしれない。

「類！　コーヒーが入ったよ」

と窓から呼ぶと、

「持ってきてくれ！」

なんて、もう、夢中。

自分のものでもないのに。貰い子、借り子でも、かわいいのかしら。

類は海水パンツだけで、車を洗っていた。

「この車で、今日、篤子のところへいっておひるごはん食べようか？」

「どこへでもいきまっせ」

と類は、私から、アメリカ風の薄いコーヒーをうけ取って飲む。

「ああ車は好きやなあ、女より好きや」

「買《こ》うたらええねん。――いつもレンタカー屋に金払《はろ》うてるよりトクでしょ」

「はいはい、買います、買います」

「いくらぐらいするもの？」

「アンネナプキン一袋ぐらいの値段とちゃいますか」

と類は私の無智をバカにしていた。

「じゃ食前食後に買えるわけね」

類は早く車に乗りたくて、朝食はいらない、というのだった。

私は顔を洗って髪を梳《と》かしつけると、木綿のワンピースに、小さなビキニを下に穿《は》いただけで、車に乗った。思いついて、私の作った苺《いちご》ジャムと、三年めの梅酒、それに裏山でとってきた山椒《さんしょ》の実のつくだ煮を容器に入れたりする。これは篤子へのおみやげである。

類は運転台で煙草をふかして待っていた。

「おッそいなあ、何しとんねん」

類は、以前より運転がかなり上手になっていた。それでも、信号が黄色になってるのに、あ、あ、というような滑りこみかたをする。カーブをまがるとき、私は横倒しになる。急停車すると私はシャックリをした。類は胸に金色のメダルを下げて、薄い茶色の眼鏡をかけ、私には、とても粋《いき》にみえた。

「そうやってると、類、ホーント、長距離トラックの運転手みたいよ、あんたトラック運転手になれば？　好きな運転毎日できて、ええやないの」

「そんで、横に悦子積んで走ってるかね。どこかへこぼしてきたりして」

私はドレスの裾に日があたり、暑かったので、ふわっと煽《あお》ったら、太腿《ふともも》までむき出しになった。

信号で止って、となりに並んだ、それこそ長距離トラックの運転手が、見おろしてるような感じだった。

まだごく若い子で、かなり髪は長かったが恰好よくて、よく日に焼けていた。太い腕を窓にのせていて、その子もサングラスをかけている。ちょっといい感じの男である。

「挑発するな！」

と類はいって、私の服の裾を、片手でおろした。

「目を離したら、すぐヨソの男に色目使いやがんねん」

篤子のところまでは三十分ぐらいだったけれど、とても楽しかった。篤子は、千里ニュータウンの一画に、家を建てていた。

電話をかけてあったので、彼女は門の扉をあけて待っていた。

ガレージのドアもあいていた。旦那が車を持っていっているので、ちょうどそこへ入れさせてもらうことになった。

「ケツからつっこむのはむつかしい」

と類は、篤子と初対面なのに、

「あんがい小さいガレージやね、オレやったら毎日、うまいことよう入れんわ。ホールインワンみたいなもんや」

「何いってるんです、なまいきな。ウチの車はオールズよ。それでスイスイ入れるんやから」

篤子も遠慮のない口を利いていた。

久しぶりでみる彼女は、顔に小皺《こじわ》ができていたが、手入れがいいせいか、肌はミルクみたいな色で、髪は、きれいに栗色に染められてあった。

「あんた、なんて日焼けしたの?」

と篤子は眉をひそめて私を咎《とが》めた。

「海で灼《や》くと、もうモトへ戻らへんのよ——バカね。私なんか、三十すぎたら海へは行かなかった」

「いまも三十ぐらいよ、あんた」

と私は、篤子に十歳も若く、いってあげた。

篤子の家は、かなり凝った、ぜいたくなもので、子供がない上に、篤子がインテリアの趣味があるものだから、私にはとてもたのしめるものだった。私はこの家へくるたびに、手入れされすぎて、もうこれ以上手入れする所のなくなった悲哀を感ずる。

篤子は白いレースのブラウスに、西洋田舎ふうな縦縞の木綿のロングスカートを穿いていた。冷たい紅茶をガラス茶碗につぎながら、

「きれいな、子ねえ……。あれが類？　かわいいでしょうねえ」

とすばやく私にいう。

そういうとき、眼のふちが、一瞬、張りをもち、いま四十歳で、「死ぬほど」夫の好きなこの女の、昔経験してきたいろんな恋を思わせた。

「でも……ああ惜しいな」

という。

「何が？」

「すこし、薹《とう》がたちすぎたわね。あの子の十八、九ぐらいのころがみたかったな」

「そんなものなの？」

「こう見えて、少年にかけてはすこし、くわしいの、私」

類が来て、こんちは、と挨拶したので、篤子は話題を変えた。私たちが行った海のことや、いまきれいな海で泳ごうと思えばどこがいいか、などということや、それから、

「悦子は毎日、いつ仕事してるの？」

などという私たちの生活に興味のありそうなききかたをした。それは、私たちに花をもたせるためだった。篤子はそのへん、たいへんオトナで、だから私もつきあいやすいのだった。篤子は自分で作った細巻きずしをすすめてくれた。

たいへん親切で、私はここへくると、いつもトメドがなくなるのだが、それを適当に立ち直らせてくれるのも、篤子なのである。

篤子は、私の雑文を、どこか、大衆向け週刊誌のカラーページで見たといい、

「あんなとこへ書くと、あんたのマイナスやよ」

というのだった。そうして、類が、

「毛利さん、小説なんかよみますか？」

なんて聞くと、

「日本の小説はよまないの、このごろ」

とつんとする。でも私は、篤子がそんなことを折々いうから、信じられる所がある。

私は類をみせたくて来たので、篤子が感心するのを見て満足した。

「まあ、せいぜい、骨までおしゃぶりあそばせ」

類がガレージから車を出してるあいだ、篤子はそういった。

「あんたのいうの聞いてると怖うなるわ」

と私はいったが、篤子は私の顔を見ていて、

「日焼けどめクリーム塗らないとだめよ、あんた、面倒くさがりだけど。塗るのと塗らないのとではほんの少しのことで、ずいぶんちがうもんやから……。ああ、私、近くならパックしにいったげるんやけどな――年上の女いうのは、小マメに手入れしてないとダメよ、若い子と棲《す》んでるとき」

要するに、親切と意地わるのまざりぐあいが適量で、そこが、私の、彼女を好きなところだった。

篤子の家で手間どったので、外は暑くもなったし、近くのホテルのプールで泳いで、帰ってきた。

類は家まで車で帰り、ついでに、御影の自宅へ帰るという。私は、車を返しにいくのかな、と思っていた。

「晩ごはんどうする?」

「帰ってたべるよ」

といって、出ていった。

でも、その晩、とうとう帰ってこない。ときどきは向うでとまることもあり、何しろ一所不住の自由人なので、電話もかけてこないのだった。

私は、作りおきのシチューをあたためて食べた。

翌日の午後くらいに、電話が掛ってきた。

「類は、いますか?」

と知らない男の声である。

「いいえ。——会社だと思いますが」

私は、彼の友人かと思ったが、男の声はすこうし、年を食っていた。

「会社は……」

と男は含み笑いをして、

「この三ヵ月、いってないんでねえ」

私はだまった。男はややあって、

「類の居どころを知りませんか?」

「家に帰ってません? お家の方なら——」

「私は父親です」

私はまた、だまった。類の肉親の声を聞くのもはじめて。

男は、とても渋くて、いい声をしていた。

類の父親を、私は何となく、六十二、三ぐらいのオヤジと思いこんでいたが、まだ、うんと若そうだった。

「えーと」

と男はいい、その声音には意地わるや残酷さや奸智《かんち》は感じられなくて、男の方がずっと年上のため、どういったら、私を傷つけずにすませられるか、という、労《いたわ》りが感じられた。

「いっぺん、お会いしたいんですがねえ。もし、よろしかったら」

彼の言葉は滑脱な、やわらかい大阪弁である。

「あたし、いつでもかまいませんけど」

「今夜でもかまいませんか?」

私は、いい、といった。でも類が帰ってきたら、どうしようときいた。

「そんなら、二人で来たらよろしい。めしでも食いますか。時間までに類が帰らなければ一人ででも、どうぞ」

彼は私の使う交通機関《のりもの》について聞き、都心にちかいホテルの、最上階のレストランを指定した。

私はジタバタしたってしかたないので夕方まで仕事をしたり、金魚に餌《えさ》をやったり、して時間をすごした。それにしても、私には会社へいくようにみせかけて、ずーっといってない、なんて類も（やるなア）という感じだった。それはいかにも類らしかった。

類の親爺さんは、私に、何をいいたいのだろう?

私は夕方まで待って類が帰らなかったのでシャワーを浴びて、服を着更《きが》えた。オーガンジイの白いドレスを着て、口紅だけ塗った。

電車はラッシュ時間だが、反対に都心へ向けて出る方なので、空いていた。窓ガラスにうつる私の顔を見ていると、ふいに、もうこの髪形も変えなくては、という気がした。結いあげるとか、パーマをかけるとか、短く切るとか、した方がいいように思われた。髪形を変えたくなったときは、気が変ったときだと、女たちはよくいう。なんの気か、というと、男を変えたくなる気だそうである。

レストランの中は、水のように涼しかった。

入口に待合せのための小さい部屋があって、ボーイたちは、そこへ食前酒を運んだりしていた。

私はそこに立って見まわしていたが、家族連れや、二人連ればかりで、それらしいのはいなかった。

レストランの中から視線を感じて、私はそっちを見たら、窓ぎわに男がいた。

どことなく類に似ている。すぐ、わかったので、私はそばへいった。

絨毯《じゅうたん》が厚いので、靴音はしない。

男はがっちりした体格で、でも起《た》ちあがると、類より背は低いみたい。類をふけさせ、太らせたら、こうなるだろうか、というような顔だけど、でも、致命的にちがうのは、この男は、もうホンモノになっているところだった。

類は、まだホンモノになりきれないような、あやふやな処《ところ》があるけど。

「どうも、お呼びたてして。――類の父親です。お噂はいつも、類からきいています」

と彼はいった。

そうして私を坐らせた。

男は、にっこりして、私をじっとみつめていた。そして、

「お先に――やっています」

と酒のグラスを示した。

ボーイがメニューを持ってきた。彼は私の前に廻して、

「どうぞ。お好きなもの、何かありますか?」

というのだった。私は、こんな敬語を使われることはあまりないので、私に言われたことと は思えなかった。

「肉を上りますか?」

「肉、いや」

「魚?」

「魚は何があるかしら?」

と私がいうと、男はボーイに、

「魚は何か、おいしいものがあるかな」

と聞いた。

その聞き方は、類が、海辺の町へ行ったとき、私のためにタクシー運転手に復唱してくれた調子に、よく似ていた。

注文がすむと、男は煙草に火をつけて、一服して煙を吐き、私を見て、にっこり、した。

五十くらいか、まだ五十になってないか、くらいで、ゴルフ焼けしていた。笑うと歯だけが白くて、そうして、私は類のきれいな唇の形は、父親ゆずりだな、とわかった。

彼が片手でライターを弄《もてあそ》ぶさまをみていると、類よりも私よりも、ずっと長く生きてきた人間の貫禄みたいなものが、感じられた。

5

「面白いですか?」

と類の親爺《おやじ》さんは——というのもへんだな。つまり、入江氏は——私に聞いた。

私は髪を払って耳のうしろへひっかけ、目をみはった。

「何が?」

「類ですよ」

「面白いって……」

私は困惑して、指でピアノのようにテーブルを叩いた。

「あれ、面白いっていうのかな。うん、まあ、面白いんでしょうね、何となくね」

彼は、笑わなかったので、私には、彼が息子にいい感情を持っていないのではないかと、想像された。

きっとこんなときは、褒《ほ》めてもいい気持はしないだろうし、といってワルクチをいっても、親の身とすればやはり面白くないだろうと思われた。

彼が笑わないで煙草を吸っているので、私はずいぶん、いろんなことを考えさせられた。

つまり、なぜ、彼が私を呼び出したか？　ということである。

彼は類に手を焼いていて、……あるいは処置にこまっていて、しかし、それについて相談する人間がいない、よんどころなく、類の友人代表として私を呼んで、これからとるべき処置に参考になりそうなアドバイスや、データを求めようとしているのではないか、ということだった。

それに、友人代表としては、私がもっとも、類に近い位置にいることは、彼はもう察しているだろうし。

料理がはこばれてきたので緊張がほぐれた。彼は微笑して、

「どうぞ」

といった。

私は、その気さくで物やわらかな態度に、何となく、年代もの、といった厚みのある感じを受けた。

首都の男たちで、こんなに鄭重《ていちょう》なくせにさばけた人ざわりをもつ男はいなかった。鄭重な男は重々しく格式ばり、さばけた男たちは軽躁《けいそう》で、品がないのだった。

たぶん、類の親爺さんは、伝統的な商売人なのだろう。彼の年代ものの厚みは、古都のもっている伝統の厚みかもしれない。そういえば、私は、西陣生れの京男を一人二人知っているけれど、みんなだいたい、そんな優雅さがあった。

「面白い奴でも、働かんのは困りますなあ……」

入江氏は、ひとごとのようにいいながら、スープを啜《すす》っていた。

「ええ、困るわ、勤労意欲全然ないんですもん」

私は思い出し笑いをしていた。類の体のどこへ手をあてても「デンキ」を起させることはできないことを思い出して。

類は、デンキを起されると、快くねむるとか、またはもっと楽しいことの意欲しか、甦《よみがえ》らないみたいだから。彼は重ねて、

「失礼ですが、オタクは働いてはるんですか?」

オタクというのは、鄭重な二人称である。大阪弁には「あなた」という語はないので、オタクからアンタになり、オマエに下るのである。

「類は何もいってませんの？　あたしのこと」

「電話番号だけ」

彼はさっき、「お噂はいつも類からきいています」といったが、それも噂の一つにはちがいない。

「あたし、少女小説を書いてますわ。ですから、あんまし外へ出ないの。――ずうっと家にいます」

「ほほう。それはまた面白そうな仕事ですね。才能がなければできることではないですな。タオルや靴下売るのとワケがちがう――ナマ身のもの書きの人なんて、見たん、私ははじめてです。よかったな」

「イヒヒヒ……」

と私は、うれしくなって、スープを飲んでる途中だったから、ナプキンを口にあてて笑わずにはいられなかった。

ヌケヌケと、そんなお世辞をいうなんて、ほんとうにオトナの男というものは、いいものだ！

見よ、野呂がそんなことといったか。あの心の冷たい薄情者め。

類が、いうか。あいつは私に惚《ほ》れてるけれども、ほんとうに惚れたことだけいい、お世辞なんていって喜ばせてくれるたぐいのものではないのだった。脚が白いね、とか、髪にかくれた首すじのうしろが日焼けしてない、とか、おへその恰好がいい、とかいうけれど、たいがいそれは、ベッドでいう言葉で、類にあっては女へのホメ言葉は、

「！」

という、タダの感嘆符にすぎない。

コトバじゃないのだ。タメイキの代りにいってるだけ。だからたいてい、キスまじりになる。

類は、あいつはコトバなんか知らない。コトバを知らぬものが、なんでお世辞など言い得よう。お世辞は最高の文化である。ことに女へのお世辞は。

類なんか、まだ後進人、低開発人だな。

男も、私を笑わせたのが、うれしいらしかった。

「いや、ほんま」

と私の好きな、老練な、年代ものめいた言葉遣いでいった。

「でも、あたしは、靴下やタオル、よう売らんもん。だからそれぞれの才能があるんやないかしら？」

「いや、靴下やタオルは、勤勉なら売れるんですがねえ。さて、類にはこまった。才能も

なし勉強でもなし」

私は類の弁護、というんじゃないけれど、話をつなぐようにいった。

「でも、この頃の若い子、みんなそうみたい――まるで仕事をしたら人生の損失みたいに思ってるようよ。そして、自分のしたいことは、物凄く熱心なの。たとえば類やったら……」

と私は言いかけ、「類」という言葉の調子から私と類の仲の距離を、入江氏が測定しないかと、すこし赧《あか》くなって、

「類くんやったら……」

と、ちょっとよそよそしくいってみた。でも入江氏には、わかったかもしれない。

「類」というコトバの中にたゆたい、ゆらめいている、何か。ベッドの上でするするした冷たい脚や腕を交わして、

(第二の型やで)

なんていう類の喜ばしい囁《ささや》きや、水割りウイスキーをふざけて口うつしに飲ませるとき、類がこぼす水滴の、シーツの上のしみやなんか、そんなものの情感が。

でもオトナの彼はぴりっとも顔色を変えなかった。

「たとえば、類くんやったら、車を持つことばっかり夢中になってて。持ちたいなら、せっせと働けばいいのにね！　あのね……」

と私はナイフとフォークを置いた。

「さっきのお電話でびっくりしたんやけど、あの、会社、ずうっと行ってないって、ホントですか?」

「ホント」

入江氏は、かるがるとナイフを使って、大きな肉のきれを美味しそうに口に抛《ほう》りこんでいた。食欲のさかんな、気持よく食べる習性も、類は、父親似らしかった。入江氏の大きな手にかかると、ナイフもフォークも、まるで、小ちゃく見え、とても扱い易そうだった。

「一週間しか、行っとらへん」

「やるう!」

「喜んでてはこまるなあ」

と、また二人で笑ったが、

「会社も会社やけど。その、車!」

入江氏は眉をしかめ、唇を不機嫌そうにすぼめた。

「レンタカー屋から電話があった」

「何ていって?」

「私が出しなに、掛ってましたが、まだ返しとらへん。約束は昨日だというので、向うは心配してギャンギャンいう」

「まあ」

「盗難届出す、いうから、どうぞ、いうといた」

私は首をすくめた。

「向うは、お父さんでしょ、あんた、という。そうです、というと、息子さん訴えられてもかまわんのですか、いいよる」

私は笑って、入江氏をずーっと見ていた。彼は、私に見つめられても平気で、一生けんめい、おいしそうに食べていた。

「かまわんですよ、息子はもう二十三やから、成人ですからな、というてやった。私は頬がハタチになった晩、乾盃《かんぱい》しましたな」

「どうして?」

「どうしてって、もう未成年でなくなったから、どこからも呼び出されなくてすむ、と」

「ウフフフ……」

「すると、てきめんにそのあくる日に警察から電話があった。オートバイを乗り廻してて事故おこしてる。迎えにきて下さいというから、行きません、もう成人のはずですから、というと、警察のいわくに、『しかし成人になりたてですから』」

「アハハハ……」

入江氏の話は、どこが、ということなく、類とちがう意味でおもしろかった。

「類のおかげで、今まで何べん、学校や警察に呼び出されたか分らんのですわ」

彼は、べつに隠すそぶりはみせなかった。

「シンナーもボンドもやってる。酒、煙草みつかって謹慎、数知れず。成績がわるくて赤点なんていうときの呼出しは、数に入れないとして……」

「輝かしき経歴ね」

「武勲赫々《かっかく》というところです。昔風にいうなら」

「知ってるわ、あたし」

と私は、露のついたコップの水を飲んでほほえんだ。

「母がたいせつにしてる、昔の古い新聞にそんな言葉があります」

「なんでですか？　戦前の新聞？」

「ええ。父の部隊の名前が載っているといって、母が蔵《しま》っていますのよ」

「お父さんは戦死なさったんですか？」

「復員してきましたけど、病気でもうなくなりました」

入江氏はうなずいて、私の、べつのコップにビールをついでくれた。

「あの、入江サンも兵隊にいらした？」

「ええ、海軍に取られました。これでも飛行機乗りでした。――もう少しで特攻隊にいくところ。雨降って一日延びし命かな、というようなもんです」

私は、物腰がすっかり商人らしく洗練されておだやかな彼が、飛行服に身を固めて操縦桿《かん》を握っているなんて、想像もできなかった。それだけに、とても面白かった。

「男のひとって、とても変るのね。女より変るのかもしれへんわね」

「何が?」

「ううん、あのね、あたしの知ってる男の人に、西陣の帯屋さんの息子さんがいるの。その人、いまテレビ局につとめてるけど、とてもやさしい、京男そのものみたいな人よ。なのに、戦争中は、人間魚雷回天に乗ってたんですって」

「フーン」

「瀬戸内海の沖で訓練中に、故障して沈んじゃって、もうダメかなあ、と思って半分あきらめてたんですって」

「なるほど」

「腕組みして窓から外をみてたら、日のさしこむ海の底を、小さいお魚《とと》がいっぱい泳いでいて、とても綺麗《きれい》でしたって」

「それで助かったの」

「助かったから、そんな話してるんやないの。——兵隊サンのときは、ちゃんと兵隊サンになってて、それが変ってしまうと、また、もと通りの人間になって、やさしくなってて、『オトトがきれいやったんや……』なーんていうんやもの」

入江氏は笑った。

「男はのんきやからねえ、その場その場で色が変ってしまう」

「そうお」

「男心と秋の空、いうでしょ」

「やっぱり」

なんて、とてもたのしかった。

あっという間に、食事がすんでしまった。

本当をいうと私は、中年の気むずかしげな男と二人きりで向きあって、どういう顔でいればいいかと、そればかり考えていたのだった。いやだな、と気が重かったのだ。

しかし、今はどうだ！

いつのまに食事が終ったのか、わからない。

そうして、話に夢中になってて、たべものがどこへ入ったかわからない。

私はびっくりしていた。われながら。

デザートのアイスクリームをたべているとき、私は、はじめて軀《からだ》が冷えすぎるのに気付き、ぶるっと身顫《みぶる》いした。彼はめざとく見て、

「あ。冷房が利きすぎるからな。ここは。ちょっと外へ出ますか」

「ええ」

彼の方は、ちゃんと、青っぽい格子の上衣を着込んでいたけれど、私は、オーガンジイのドレスだけなので、すこし寒いのだった。

「しばらく、下へおりましょう。地下のバーはそれほどでもないから」

というので連れていかれた。バーの客は、三組しかいなかった。きっと、まだ早いからだろう。ここの冷房は、そんなに強力というほどでもない。

「ところで、類の話ですがね……」

彼は、水割りを頼んでから、煙草に火をつけた。

私も急に吸いたくなったので、

「ください」

といって一本貰った。彼はあわてて火をつけたが、そのしぐさで、私は、入江氏は、まんざら、女がそばにいるのに慣れてない男ではないのだ、ということがわかった。

いうなら、私は、彼が類の話をするために私を呼んだのに、私の方は、彼のことばかり考えて、つい、類をわすれるのだった。

「毎日、家を出ていた？　あいつ」

「はい。八時ごろ出て、夜は七時ごろ帰ってたから、わからなかったわ」

「フーン。何しとんねやろ、あいつ」

私は、類の身のまわりにいつも散乱している「競馬ブック」なんていう競馬の新聞のことを言ってやったら、入江氏は怒るかしらんなんて考えていた。

類はわざわざ大学ノートに、

「ギャンブル成績一覧表」

なんて書きつけて、成績を控えているのだった。私はひらいたことはないけれど。

そうしてしばしば、どこへ掛けるのか、電話で、

「二四たのむわ」

「三八やで」

などといっている。

でも盛大に当てた、なんて聞いたことがない。そして、そんなことに使う金はどこから出てるのか、わからない。

競馬の新聞には、類が鉛筆でコマメに何か書き入れていて、またごていねいに、それをぎっしり、たくわえているのだった。でも私は、「全レース予想オッズ入り」なんて書いてある黒々とベタに字の詰った新聞など、なんの興味もなかった。類が私の愛する少女小説、「白鳥のわかれ」や「せきあえぬ涙」なんかに、いささかの関心もないように。

私たちはそれぞれ、別々なものに愛着や関心をもっていて、互いにそれには触れあわず、重なり合った輪の中でだけ、仲よくしあっているのだった。

ほんとうは、こんなことに気付いたのは、いまはじめてで、それは、入江氏が気付かせてくれたのだった。それ故《ゆえ》、私にとって、この男と話したり、男の話からさまざまなことを考えるのは、発見するところがたくさんあった。

「ともかく一日出てる、と」

と入江氏はグラスの氷をガラガラやって、にがにがしそうにいった。

「それで金を持って帰るわけ?」

「月末に」

「どのくらい?」

「すこしばかり」

「でしょうなあ。どこから掠《かす》めてくるのかな。高校のころは麻雀《マージャン》してたけど」

私は私の知らない類の、若い頃が(今だって若いけど、それは毛利篤子がいうように、すこし薹《とう》がたちすぎた、という感じ。それも篤子に指摘されると、そうかなあ、と思う程度のことだけど)目の前にみるようで愉快だった。

「類って、札つきの非行少年やったのね!」

私は、今は大っぴらに呼びすてにした。

「非行不良! 硬軟両方いくからかなわんですよ。乱闘でブタ箱入りというのもあったし、高三の卒業間際に同級生を妊娠させたというのもあった、忙しい奴で。アハハハ」

「もう少し待てばよかったのに……」

「イタチの最後っ屁《ぺ》というところですかね」

「あなたも、たいがい、不謹慎な親ですね」

「負うた子に教えられ、ですよ」

入江氏は、いくつも酒をおかわりしたが、一向、変らずに乱れなかった。かなり、酒は強いのかもしれない。私にはまるで、巨人のように彼が見えた。ナイフやフォークを扱うとオモチャのように見えるほど彼が大きい、それと同じく、酒も、彼にあっては水を飲むようにみえるのだった。

「でも」

と私は首をかしげた。

「類は、何か――澄んだ感じがします。あたし、人の悪い、はら黒いのはわかるつもりですけど」

私は野呂のことを考えていってるのである。

「類はそんな人じゃないわ。なンかこう、エーテルいうのかな、躰《からだ》から出てくるもんが爽やかで、人のいいものが出てくるみたい」

「それはまあ」

と入江氏はにっこりした。うれしそうだった。

「親としたらそういわれると、悪い気はしませんが」

「不良でも、そんなワルイことは類の上澄みの部分だけで、ほんとうは、とてもいい子みたい」

本質は、いい家で可愛がられて育ったお坊ちゃん、といいたいところだった。事実、私は、寝るとき「デンキ」とせがむような類が、本質的に人がわるいとは考えられなかった。

「まあ、オトナは欲が出るもんでしてね。気ィは悪うない奴、としても、こんどは、マジメ、リチギに働いてほしいと思う。親の欲はここまで、という所がありません」

入江氏は客観的にいった。

「ハタチすぎたから抛《ほ》っといてもいいようなもんですが、もし今までよりややこしくなってくるようやと、歯止めは一応しないと、ね。これ以上、腹立てさせられたら、もう、かなわんですな」

「腹立つ？　類ちゃんに」

「怒り心頭です。顔を見るとどなりつけてしまう」

「まあ」

「しかし、オタクにお会いして、よかったですな。まあ、何とかなるのではないか、と。あれで、働く気を起してくれれば、と思いますがね」

「あそびたい盛りですもの」

「年上のような口をききますね」

「年上ですもの」

「へー。いくつ。年をきいてわるいかな」

「いいえ。三十一よ」

私は、「三十一」というコトバの、私と類のあいだだけで分る一種独特のひびきを、入江氏に伝えたくてたまらなかった。「このバカな三十一め」という風に使われる、人格をもったような数字について。

入江氏ならきっとそのニュアンスがわかり、ユーモアを汲《く》み取ってくれそうに思われた。

でも私は、説明することができないので残念だった。私は、デリケートなことを、うまく伝える才能がない。

それからして、ふと私は考えた、入江氏と類と、私と、三人で住んだら、もっとおかしい、面白いことがいくらもあるんじゃないかッて。

「会社へ行ってないっていうのは、どうしてわかったの?」

と私は聞いた。

「いや、会社から手紙がきた。一日いっては二日休み、という勤務状態なんですぐ首きられたらしい。それはええとして、レンタカー屋までいう。たぶん、類の奴、書類に会社の名を書き入れたんでしょうな。バカなレンタカー屋が『会社もロクにいってないのん、お父さん知ってますか』というから、『そういうことは、あんたに関係ない！』とどなってやった」

「ハア」

「向うもすぐ、『失礼した』というたけど」

「内政干渉ね――でも、もう今ごろは、車、返してるかも。類ってほんとはマジメなのよ」

入江氏は黙って煙草を吸っていた。この仄《ほの》暗い地階のバーは、音が一つもなく静かで、海底のようである。普通のバーではないので、グラスの酒がなくなっても、給仕は「かえましょうか?」といってこなかった。それで私が、代りにそういったら、

「いや、もう結構です」

と彼は、夢からさめた人のようにいった。

それも、私には新鮮だった。「もう結構です」というなんて、オトナやわ。

私と類だと、話が弾んでるときは、とめどがなくなっちゃう。もう酒は飲めないのに、入れて前へおいとく。

グラスにお酒があるかぎりは、楽しい時間がつづくように思うのであった。私と類の生

活の中では、いろんなものが象徴のように扱われるけれども、お酒もその一つだった。二人とも、あんまり飲まないが、目の前にあるとき、それは、しゃべったりふざけたり、してもいい時間で、私たちにとってのお酒は、飲むためだけのものでは、ないのである。快適な時間、愛の語らい、ふざけたしゃっくりのようなキス、などの象徴だった。

だのに、入江氏は、「もう結構」という。

私も、いつかは何かたのしい時間を断ち切るとき「もう結構」といえるようになるかしら。

「行きますか」

というので、私は、

「ハイ」

といったら、彼はうすく笑った。

「オタクは、よく、ハイハイ、といいますね。この頃の若い女は、そういわんね。いや、ウチの娘だけかな、それは」

ハイ、といえ、というのは躾《しつ》けたんです、といおうとして、やっぱり、それはイヤラシイ。

「しかし、峯サンはやさしい所があるね」

と彼は、はじめて私の名をいった。

「そうかしら？」

「類を甘やかしたらダメですよ。あいつ、すぐつけ上るから。ちょっと甘い顔をみせると図に乗る。おんぶにだっこ、というのは奴のことです。可愛いことをいうからちょっと気をゆるすと、すぐ、金貸せ、とくる」

「貸したらええやないの」

「親子共倒れになる。あんな奴に入れ揚げてたら」

二人はあとさきになってバーを出た。彼が上衣のかくしへ財布を入れながら出てきたので、私は、

「ごちそうさまでした」

と足をそろえてお辞儀した。

「いや。何やら結局、何の話かわからんようになったけど、奴で何かこまったら、電話でもして下さい。――」

彼は、「今頃になってしもて」といいながら、名刺をくれた。

私は、本人の前で、じいっと名刺を見て、本人の顔と見比べるのは、いつも何か失礼な気がするので、大いそぎでハンドバッグへしまった。名刺というものは、あとで家へ帰ってテーブルの上へ置いてから、その日会った人間の、その表情や声音を反芻《はんすう》しつつ、見入るものである。少なくとも私の場合は、そうだった。でも、私はべつに、世の中へ出て毎

日名刺を貰う職業ではないので、そんな機会はめったになかったけど。彼は廊下を歩きながら、

「オタクのその、少女小説は、何ですか、取材や何かと、いろいろあるんでしょうなあ」

「取材なんか、したことないわ、あたし」

私はびっくりしてこたえた。どうするものか、こっちが聞きたい位だ。

「ハハア。でも旅なんか、しはりますやろうなあ」

「そう度々やありませんけど」

「海外へもいきはりますのか」

「ずっと前、東南アジアへいきました、もう十年くらい前」

「ちょうど私も、そのころ、いきましたが、どこかで擦れちがってたかもしれませんな」

エレベーターはなかなか来ないので、また絨毯の廊下をあるいて、階段を使うことにした。その間も、私は話しつづけた。

「アンコールワットへいった、すてきでした。夢みたいな所でした」

「ああ、それは、私も見た」

彼は階段を昇りながら、

「ちょっと凄《すご》いもんでしたね、あれを見て、世界の遺蹟めぐりがしとうなった、エジプトやイランのそれをまわってたら、よろしいやろうなあ」

「いきたいわ、あたしも」

「しかし、この調子では、なかなか、いけそうにない」

「この調子って、どんな調子」

「いつまでもドラ息子に手を焼かされてては」

「——類ちゃんですか。何とかなると思うわ、心配なさらないでください」

「そういうてもらえると、こっちまで、気ィがやすまるけど。オタクはやさしいんですね」

と入江氏はまた、そういって笑った。

彼とは、ターミナルの駅で別れた。私は帰るみちみち、彼のいう「やさしさ」というのは、ある種の無力を、いうような気がしていた。

でも、結論として類の親爺さんは、たしかにデキブツの感じだった。

6

家へ帰ったけど、まだ類は帰っていなかった。おそろしく暑くて、山からはそよとの風も入って来ず、濃い粘い湿気が澱《よど》んでいた。

犬のようにハアハアと口をあけて、ひたすら堪えるだけ。クーラーがないので、私はプラスチックのオレンジ色の羽根の扇風機をかけたが、火照《ほて》った赤い風が喘《あえ》ぐように、あたりの空気をかきまぜるだけだった。

私ははだしで、白い寝巻姿のまま、類の荷物を何となく、調べてみた。べつにかわったこともなく、櫛《くし》や、使い捨てライターや、喫茶店のマッチ、ハンケチ、サングラスなどが手箱の中にごたごた入っており、シャツやズボンも、いつも着ているものがそこにあった。

彼は着のみ着のままで、出ているわけである。類がいつも首にかけてる、金色のメダルも置いてあった。

翌朝も快晴。耳をつんざくような蟬時雨《せみしぐれ》に洗われながら、私は朝寝をしていた。今朝、湿気はなくて、窓をあけるといい風がきた。

顔を洗ってからコーヒー一杯だけで、仕事をはじめた。

類はいつも、顔を洗う前にコーヒーを飲むくせがあり、咎《とが》めると、意外そうに、

「みんな、そうしてるのやないの?」

「日本じゃみんな、顔を洗ってからたべたり飲んだりするの、誰でも」

「うそ」

と類はびっくりするのだった。私は、類の家庭はどうなってるんだろう、何か、一人一人、ホテルのような個室にとじこもっているのかもしれない、と想像したりしていた。

類はひょっとすると、個室の多い御影の家へ、今ごろ帰っていて、デキブッの父親に叱られているかもしれない。私が入江氏と会ってどんなことを話したか、知りたく思うだろうなあ、などと私は考えた。

お昼ごろ、車の音がした。そうして、離れの門が開き、車をバックで入れようとするらしく、何べんもやり直してふかしている音を聞いた。

やっぱり、類だった。窓から見ると車は前のときの。

類は日焼けして、無精髭《ひげ》をすこしのばしていた。ニタニタして入ってきた。私はいった。

「おやおや」

「ごぶさた。おかわりもなく」

「車もおかわりなく？　レンタカー屋が盗難届出すって。連絡しなさいよ」

「わかってるよ」

「いつ返すの？」

「これから、いくよ、うるさいな」

「約束した日に返さへんからやないの。どいてよ！　原稿がくしゃくしゃになるわ！」

私は、類が、木のテーブルの端に腰をおろしたので、お尻を押しのけてやった。

類は車のキイを抛《ほう》り上げながら、籐《とう》椅子にどしんと坐った。

「金がないから、返しにいかれへん」

「だからって延ばしてたら、よけいお金はかさむわよ」

「そういうことになりますなあ」

「バカ」

私は、椅子ごと類の方に向いた。

「ねえ、こっち見なさい」

「どこを?」

類は立って、私の白いブラウスの衿元《えりもと》にちょいと指をかけ、なかを覗《のぞ》きこむ。

「そこじゃないって」

「あ、そう」

と、腰をかがめて、スカートを捲《まく》ろうとする。

私は、足で類の向う脛《ずね》を蹴《け》ってやった。

「まじめにやれ、くそばか」

類は、はじめて嬉しそうに大声で笑い、私の前に跪《ひざまず》いて、かぶさるようにする。

「目を見るの、あたしの目」

「目を見るって、こまるね」

「どうして?」

「どっちの目ェ、見てええかわからへんもん。両方に目があるから。右の目、それとも左の目」

類は、じっと私を見つめ、私もそうだと思ったが、

「片方の目で片方の目、一つずつ見たらええやないの」

「気が散る」

「あほ」

類と話していると、いつもこう、浮世離れしてしまう。

「類、あんた、仕事にいってないんやて、ねえ。ウソついちゃダメよ。目ェ見て答えて」

「いったよ」

「一日いっては二日やすみ、で勤めたわけ?」

「そんなこと、ないよ。まじめにやったよ。しかし、不況でスグ、人員整理したんや、あそこ。首きるときは、ええかげんなこと吐《ぬ》かすからね。何でも首切りの口実にする」

類が、綺麗な顔で、まじめに、抗議するようにいうと、そうかな? なんて思ってしまう、それで以《もっ》てあべこべに私は、類が、たぶん、今まで——札つきの、非行少年だったところから、ウソをついていたのではないか、と察してしまった。

この「ウソ」は、類の口癖の、「ほんと?」という意味の「うそ」ではなく、虚偽の嘘である。

「ほんまやから。オレ、ちゃんとまともにやったんやから。――あ、信用せえへんの？　そんならええわ……」

「どうすんの？」

「何をしても何をいうても、オレのいうこと信用せえへんのやったら、もう、かめへん。勝手なこと、したんねん」

「それは、非行少年の、いつも使う逃げ口上ね。類は、先生やお父さんにいつもそういうてたんでしょ」

「親爺に聞いたな」

「昨日、会《お》うたわ」

「巨頭会談の結論はどうでした？」

　類は冷蔵庫から冷たいコーラを出して、足でドアを蹴って閉め、

「ゆうべ親爺に電話したら、峯サンに会うた、とぬかしやがった」

「彼は、デキブツでありますねえ」

「チェッ！」

　と類はコーラをラッパ飲みしていた。

「いやなこと、すんな、親爺まだＰＴＡのつもりでいるのか、ＰＴＡが担任のオンナ先生に会いにいくつもりでいやがんのか、くそ。つべこべぬかさんと、金だけ出したらええの

に、金は出さんと、吐言《カス》くらわしやがら」

「また、お金くれっていうたの?」

「車、返されへんから」

「ついでに、類、自分も売ってくれれば?」

と私は、火喰鳥《ひくいどり》の赤い皮の財布を、机のひき出しから取り出しながらいった。

「車を返して、ついでに、私もどこか貸して金になりませんでしょうか、と聞いといでよ」

類は、私の前に手を出した。

「四枚ください。返すから」

「ちょうどきっちりでよかったわ」

と私は厭味《いやみ》をいい、財布の中身を見せ、大きな大きなお札を四枚わたした。

「ねえ、類ちゃん、このお札っての、人にやるときは、どうしてこう大きくみえるんやろ。ね。一万円札って、こんなに大きかったかなあ。そしてさ、紙質もよく、印刷も綺麗で、うん、この聖徳太子なんか、とても色男よ。あありっぱなお札。人にやるの勿体《もったい》ないな」

「黙れ。往生際の悪い奴ちゃ」

類はお札をむしりとってジーパンのポケットに捻《ね》じこみ、私にちょいとキスしたが、二人ともとても笑っていたのでうまくできなかった。類は汗に濡れたシャツを脱いで、壁に掛ったべつのシャツをひっかけ、風のように走り抜けながら、

「夕方、帰るよ！」

と捨てゼリフをして出ていった。

決定的な発見は一つあった。私は類にお金をやるのを、ちっとも惜しいと思わなかった。

類が、一日いっては二日休み、というような勤めぶりであろうがなかろうが、根本的にそれを憂慮する気はなかった。私は、類が好きだが、ナマケモノの所も、好きなのかもしれない。

「こまりますね」

「こまりますわ」

というような、担任とＰＴＡの熱のない会話といった、そんな感じで、類を捉《とら》えている。

そして類が、私の財布の中から、綺麗に印刷された色男のお札を、たとえ黙って抜き出していっても、

「こまりますね」

「こまりますわ」

となりそうだった。

それからして、また私は考える。

私は以前、野呂にお金を貸したままになったことがある。今もそれは、そのまんまだった。

私は野呂に惚れていて（今になると、どこにそう惚れたか分らないんだけど）めためたになっていたにもかかわらず、貸したお金が忘れられなかった。白秋流にもじっていえば、「愛ユエニ金ヲ貸シ　ソノ金ガ忘ラレズ　昨日モ今日モソノ金ガ　燦然《さんぜん》ト天ニ光ル」というところだった。野呂は、平気だった。少なくとも、表面では、私に借りた金のことは忘れているふうをしていた。私は野呂がどういうつもりなのか気が狂うほど、そのことばかり考えていた。それからして、野呂への愛が強まれば強まるほど、貸金への執着も強くなってゆき、しまいに野呂のことを考えると、「あの〇〇円」というように、オカネの高とだぶって印象されるのだった。

これはいまも、なぜだか、わからない。

きっと野呂に、人間的な不信感を抱いていたからだろう。

しかし、類に貸すときは、何か、自分自身にいいわけがたつようなものがあり、かつて惜しいと思ったことはなかった。

それはともかく、も一つの発見は、私はどっちへまわっても、お金を貸す側なのだ、ということだった。

外での食事、本格的な食事を奢《おご》ってもらったのも、入江氏がはじめて。彼なら、私が借りる方にまわれそうであるが、私は人から借りたり踏み倒したりすることが、どうしてもできない。その必要もこれまで、なかったし。

夕方、類が帰ってきて、当然というか、意外というか、車なしだった。というのは、車の音がしなくて、突然、ドアが開いたからだった。

類はカーテンをあけたりトイレのドアをあけたりして、とうとう、風呂場の戸をあけた。

「早《は》よ出《で》。ナイターへいこう」

いつも突拍子もないことをいう。

「キップ貰《もろ》た。阪神巨人や、早よせえや！」

若い男の子って、なぜ、貰ったものはみな使わねばならぬと思うのかしら？　類はいつだか、スナックでアルバイトしてるとき、お客さんにタクシー券を一枚もらって、キチガイみたいにそれを大事にし、

「東京までいってもええ、いうた」

と目の色かえて騒いで、イザというとき使うんだと大切にしまいこんでいたが、あまり大切にしすぎて、しまいにどこかへ失《な》くしてしまった。すべて、若い男の子が、もらった

ものを大切にするといったって、この程度で、半分は虫のいい空想を描いてるだけだ。

　私は髪をてっぺんで束ねてタオルで包み、タオルにたっぷり石鹸《せっけん》を塗りつけて、躰をこすったものだから、まっ白い泡《あわ》だらけになっていた。泡ダルマになって、

「あたし、行かな、あかんのん？」

「精のない言い方する奴やな、見とうないのんか」

　類は冷蔵庫から葡萄《ぶどう》を出してきて、それを食べているのが、風呂場から見える。類が戸を開けたままだったので。

　私はすっかり躰を洗って、服を着こんだ。

　私はなぜか、勝った負けた、ということに興味がなくて、麻雀もだめ、トランプもだめ、

「なぜかなあ」

　といいながら髪を梳いていた。

「オリンピックも戦争もきらいよ、勝ち負けのはっきりわかるの、好きじゃない」

「勝った負けたがお気に召さんのなら」

　類はベッドに腹匍《ば》いになって夕刊を読みながら、

「やったやられた、というのがええのか」

「無礼者」

「致した、致された、というのはどうや」

「乗った、乗られた、とか?」

「また! レディがぬかすこととちがう!」

類は吠えた。

窓を私が閉めているあいだ、類は、母屋の小さい犬と遊んでいた。母屋に繋《つな》がれているから、家の人々が、二、三日前から飼いはじめた犬らしい。犬は、窓の下の甕《かめ》の水を飲んだ。この水は、猫も飲むし、イタチも来て飲む。

「オレも飲む」

と類はいっていた。いつか酔って帰って、手で掬《すく》って飲んだそうだ。私はコスモス畠《ばたけ》やひまわりに水をやるとき、この水を汲み出す。

貰った切符は、天空に近いようなてっぺんだった。針一本落ちても見えそうに球場は明るい。類は、ぎっしりの観衆と、全く同じときに、

「あー!」

とタメイキをついたり、

「阿呆《あほ》、間ぬけ!」

と罵《ののし》ったり、

「やった!」

と躍り上ったりする。

私は膝《ひざ》を抱いて、だまって見ている。

「面白うない?」

と類が気を使って見返るので、私はびっくりした。

「どうして?」

「野球場へきて、レース編みでもしそうな感じにみえるから」

「面白いわよ」

「わかるの?」

「わかるわ」

わかるけど、なぜか私には、どっちが勝っても負けても、肝を潰《つぶ》して悲しんだり怒ったり、する気持はおきないのだった。

見てると結構、ハラハラしたり、ホッとしたり、

「しめた」

と思ったりして、ゲームは面白かった。それにもかかわらず、私自身の本質なものとなんの関係もない、ユキズリのできごと、という気がしてしかたない。私は、入江氏が私にいった「やさしい」という批評は、こういう無関心をいうのかもしれない、と思ったりもするのだった。

ホームランが出たので、球場全体がトキの声につつまれた。類が何か叫んで、私の髪の毛を引っぱった。そうして、左隣りのおじさんと何か言い交わし、握手した。類が何をしゃべってるのか、ひどいどよめきで聞きとれないけど、ファン同士なんだろう。私はというと、野球選手ってお尻が大きいんだなあ、なんて考えてた。きっと、毎日、類の小さな臀《しり》ばかり、見つけているからだろう。どれも、遠目に見ても頑丈そうで、殺しても死なない風情だった。

途中で、逆転してまたまた、類のごひいきチームは負けてしまった。耳もつぶれそうな声かぎりの悪口雑言。それに応援団のチャンチキ、ブカドンドンという騒音。あれに堪えられる人は、神経が荒縄で出来てる人である。

「面白かったね」

と類が私を見たとき、

「面白かった！」

と私は熱心にこたえた。

口うつしにいうときは、せめて情熱をこめていうのが、会話の礼儀である。

席を起ったのは、あたりで、一ばん遅かった、たぶん電車がいっぱいだろうと思ったので時差をつけようという魂胆で。

でも、やっぱり、凄い人波である。私は満員電車の中で、じっと忍耐して、無念無想で立ちつくしていた。そうして、忍耐心のあるかぎりをテストされてる気がした。

それからまた、私自身に叱られてる気がした。せっかくお風呂へ入って肌をきれいにしたのに、また、汗と埃《ほこり》でよごした、私は何も遠い球場へ出かけててっぺんまで上って、大観衆の中の豆粒の一人になって、ワイワイいいたくなかったのに、と私とはべつの私が怒っていたので、もう一人の私が、なだめていた。

類はもちろん、そんなことはわからないもんだから、

「この電鉄は球場をもってるから、客さばきに馴れてて、早《は》よ捌《さば》いてうまいねん」

などと、ごひいきチームの縁につながって電鉄会社までほめていた。そうして、出場選手の技量について、のべつ幕なしに家まで言いづめだった。それは、私に、青臭い子供っぽさを思わせた。いつもは、そういうものは私を好もしく昂奮《こうふん》させるのに、いまは、「そうですか」というだけ。

駅のちかくのスナック「花」で、ミートパイを買って、家でたべることにした。類が紙袋をもち、先に出た。

私はお金を払って、きれいな黒い髭《ひげ》のあるバーテンのキヨちゃんに、

「むしあついわね……」

などといっていた。

「雨ですよ、きっと」

「そういうてた？　天気予報」

「イイエ、髭でわかります」

「疵《きず》でわかるというのは、聞くけどねえ」

と言いあった。出てから、

「猫みたいな奴ちゃ」

と、みちみち、類と大笑いする。

「オレも髭生やそうかな」

「お天気を知るため？」

「いいや。こんどはバイトにいくからな。そこの店の奴、男五人のうち三人まで、髭生やしとんねん」

「どんなお店、スナック？」

「うん。遅番のときは夜の二時までやから、家へ帰られへん。ああ、車あったら通えるねんけどな」

まだいうてる。

「バイトで貯《た》めて買う」

「そんなに欲しいんなら、買えば？」

「オレ、金あれへんのん分ってるやろ」

「貸したげるわ」

　おんぶにだっこ、というのは口にしないで、

「朝から晩まで、どうせオマジナイみたいに、車、車というんやもの」

「親爺がそのくらい出してくれたら、ええねんけどな、畜生」

「あてにせえへん方がええわ、お父さんは」

「いやしかし、ぼくは悦ちゃんには出させるのんいややな。まあ、そのうち、貯めて買うよ」

　家へ帰って、つめたいミルクと葡萄酒で、ミートパイをたべた。

「ほんまいうたら、ぼく、親爺にもわるい、と思ってる」

　類は、まじめになると、何だか田舎出の、集団就職できて、いつまでも都会に慣れなくてどぎまぎしてる、悲しそうなまじめな若者、という表情になる。

「中学の頃から面倒かけてきたしね、親爺には。お袋がいてへんから、どこへでも一人で呼び出されて。――しかし、いっぺんメッコ入れられると（目をつけられると）、学校いうとこは、もう全然信用せえへん。ぼく、やけになってしもた」

「華々しくやったわけ？」

「華々しかったよ、高校でも。ぼくの通るあと処女なし。荒れてた。飲みすぎて肝臓悪うして入院したし。そろそろ、身を固めよう、思て大学へ入ったけど」

「やっぱり、かたまらへんのね」

「遊ぶ金に追われて、バイトの方がいそがしかった、というより、なんのために大学へいくのか、わからんようになって。――いま思うけど、さんざん親爺にめいわくかけてきたから、きっといつかは、ちゃんとやって安心させたいと思うよ。もう、年やし、な、オレ。

どうも、いつまでもフラフラしても、しょうないし、ほんまいうたら心の中で、いつも親爺にすまんすまん、思とんねん」

「ほんまかいな」

類があんまり思い入れたっぷりにいうので、私は彼のウソの質が、わかるような気がした。

ひょっとして、類は、今までになんべんも先生や親爺さんに、そう言いつづけてきたのかもしれない。

でも、それで以《もっ》て、類が、本心から信じないで、そんなことを口先だけでいってるというのではない。

本心だろうけれど、それは、類がこうありたいと思う、別の自分自身の本心で、ホンモノの類がそう思っているのではない。

「まあ、それはそれでおいといて、と」

と類は着ているシャツをぬいだ。

「あんまりいっぺんにデキブツになるとびっくりしはるわ。類はやはり、適当ぐらいが適当よ」

と私もいった。

「適当の男に適当の女。適当の車があったら、もう、いうことない」

私は、適当な車の部分が埋まったら、次の空白に、類は何を考えつくだろう、ということに興味があった。

「それは、親孝行やないか」

類はシレシレとしていう。

「適当に親孝行するんや」

お皿あらうのも一緒、シャワー浴びるのも一緒。私たちは二匹のムク犬みたいに、ころころして、押しあいへしあい、わざと狭いところにくっついて、

「どけ！」

「どっちが！」

などといって、二人ではやく用事をすまそうとしてるのか、縺《もつ》れてよけい遅くしているのか、わからない。

床にはいるころ驟雨《しゅうう》がきた。

「キョちゃんの、髭の予報があたった！」

とびっくりする。二人で、床に腹匍《ば》ったまま、変り型のブリッジをした。でもすぐ、カードを押しやって、煙草を吸ったり、水割りを飲んだりする。私と類の生活では、結局、いちばんの愉悦は、二人で交わす会話だった。

そうして私はふと思った。

あの、入江氏、類の親爺さんと、生活しても、会話がたのしみになるかしら？

それは、もうひとつ、べつの会話、肉体での会話が、うしろに存在していることを思わせ、私を狼狽《ろうばい》させた。私はあの男と会ってるとき、そんなことを考えたこともなかったのに。類も親爺のことを考えていたらしくて、

「悦ちゃん、親爺とナニ話をした？」

「とくべつなことはないのよ。――どうしてああもナマケモノでしょうとか」

「類は、あなたのどこに惚れたんでしょう、なんていわへんかった？」

「いいえ、いわなかった」

「ころんだからです、っていえばええのに。はじめて会《お》うた晩、焼鳥屋の店先でころんだやろ。ころびっぷりがよかった」

「酔ってたのよ」

「オレ、たよりない女の子であるなあ、思た。これは目ェ放したら、どうなるか、わから

ん、と」

「そのせいかな。ころんだとこ類にみられても、ちっとも恥ずかしィこと、なかった、ほかの男の子なら、恰好わるい！　思うのに」

「うそ」

ほんとうは、入江氏に見られても、きっと私は、恥ずかしくなかったろうと思う。どうしてか、類も、その父親も、気取ったところのない人種で、その点はよく似ていた。

私は煙草をゆっくりふかしてだまって考えを追っていた。驟雨のあと、にわかに涼気が漲《みなぎ》ってきて、まだまだ先のはずなのに、秋のような風が渡った。類は、いつものように上半身はだかで、下だけ、パジャマを着ている。

私は、寝るときは髪を三つ編みにする。それをひねくりながら、考えごとをする。

「何を考えてんのん」

私がだまると類はすぐ、いう。そんなこという人、自分の中ががらっぽの人。

「親孝行ていうと、あたし、ハラマキのこと思い出す。小ちゃなときに、お母ちゃんが作ってくれた腹巻」

「毛糸のヤツ?」

「ううん、毛糸がイジイジしてかゆいというと、それはそうかもしれない、というので、白いネルの袷《あわせ》の、長いのを作ってくれたの。グルグル巻きつけて、両端の紐《ひも》を結ぶようになってんの」

「ふん」

「すると、こんどは、背中が暑いの。あせもが背中に出来てしまった」

「ハハハ」

「お母ちゃんは、なるほど、それもそうかと合点して、前の、おなかが隠れるだけの、短いのを作ってくれたの」

「腹当て、やね」

「そう、腹当て。するとこんどは、紐で結ぶから寝てるうちにぐるぐる廻って、朝おきると、腹当てが背中当てになって、おなかが冷えて下痢した！　あたし、こんな腹あて、何にもならへん、とお母ちゃんに文句いうたわ」

「親不孝者」

「だから、親孝行、というコトバをきくと、腹巻をおもい出すの——子供って、結局、ないものねだりなのね」

「それは、親の方も同じやで。親も子供に対して、ないものねだりで期待する」

類は、考え深そうにいう。類が考え深そうにいうと、私はビックリする。神サマが類の口をかりて、深遠な哲学をいった気がする。

「何でも適当に期待していればよいのです」

類は、えらそうにいう。

「さあ、寝ましょう、寝ましょう。ゆっくり、あしたはやすみましょう」

「ほんに、もうお勤めしていらっしゃらないんでしたっけ」

といいうと類は枕を叩いて笑った。

「オレ、朝早う出て難儀したぜ。どこで時間消してた、思う。女子学園のうらの池でさ、朝寝しとった」

「あたしをあざむいたな」

「悦ちゃんが怒る、思うて、だましてたそのいじらしい心情を察してくれよ」

「昼間は何してたん」

「昼間はパチンコ。煙草代稼《かせ》いでた。麻雀屋へいってたこともあるし」

「呆《あき》れた」

「これから働く、いうてるやないか」

どっちでもいいけど、私はやっぱり、類の親爺さんを見てしまったので……あんまり、彼を失望させたり怒らせたり、するのが気の毒であった。

「ちゃんと働いてね」

と、私は入江氏のためにいった。

「ハイ」

「マジメに。うそついたり、適当にサボったりせずに」

「ハイ」

類は面白がっていて、

「けど、何となし、小遣ぐらいは稼いどるんですよ、ぼく。――まあ、やめましょう、その話は。適当な型でいこう。第二の型で」

類は、私の胸に顔を伏せて、

「叱らないで下さい」

とシクシク泣くまねをする。

私は笑わずにはいられなかった。笑うと、

「デンキ」

とすぐ、類が甘ったれた声でいった。そうして、私たちは、適当な型に、いつのまにかなってしまう。

「甘エタ」

「そうや、甘エタ。オレ」

「甘エタのうそつき」

類は笑いながら、私の口を封じようとしてあそび半分のキスをする。

そのとき、私は、ふしぎな気が、一瞬、した。

ナゼか、類が、他人みたいな気がしちゃった。

おかしい！

類は、ちっとも変ってないのに——粒のそろった歯で、そろっと、私の耳朶《みみたぶ》を噛《か》んだり、鼻のあたまを舐《な》めたりする、そういうときの香《かぐわ》しい、甘美な気持は、私はちっとも、きらいじゃなく、若い男らしい、ほそい、強い腕や脚で、

「畜生、大好き」

なんてへんな感嘆符を入れられながら、やわやわと緊《し》めつけられるのは好きだった、それでもなぜか、間隙《かんげき》みたいなものが、組み合せた腕や脚のあいだに、つめたい風を送ってくる。

そうして、今になって、私は、類が私を野球に連れていった、あのことも、象徴みたいに思われる。——私は、類と同質の感動を持てなくて、球場の中で、じっとしていたのだが、それも何か、ちぐはぐなものに思われた。類は、思いついてナイターを観る、ということに夢中だが、それまで、私は類と、全くちがう半日を送っていたので、私にはそんなに面白く思えないのだった。類はそれを知らない。

しかし、大きな嘘をつくときは、人は、ふつうよりも、一そうまじめになるもので、私はとても熱心に、類の型に協力した。

7

毛利篤子から電話があって、私のファンが私に会いたがっているので、

「午後でもいってもいいかしら?」

ということだった。

「ウチの手芸教室の女の子なの、まだ若い子やけど、沢あぐり先生の大ファンらしいわよ」

沢あぐりというのは私のペンネームである。

「うん、べつにかまわないわ、今日でも」

と私は答えた。

「どうせ、あたしはどこへも出ないんやし、何時でもええわ」

「どうせそんなことやろ思て、もう家を教えといたわ」

と篤子は機嫌よく、

「でも、仕事があるなら、ええかげんにあしらっといたら、いいわよ——ところで、あの、薹《とう》のたった子、いまもいるの?」

「いるわよ」

「元気？」

「と、思うわ。――ちょいちょいしか、帰ってこない」

類がスナックへつとめて半月になる。

類は三日に一ぺん遅番なので、店泊りである。

「え。どうして。べつにどこかにいるの？」

篤子は受話器を持ちかえて、きき耳たてる気配。

「ううん、勤めてんのよ」

「そうか、じゃ、今日もいてへんの？」

「今日は帰らへんと思うわ」

「なら、いいわね。いや、やっぱり若い女の子をやるとき、心配になるんだわサ。これでも気を使ってるの、若い男と棲《す》んでる人には」

いまいましい女だ。

午後になって、もう、そろそろ、ファンがくるかなあ、と私は、自分で作った、葡萄酒入りゼリーの出来具合を見るために、冷蔵庫をあけてみた。

ゼリーは申し分なく、冷たそうにかたまって、ぶるぶる震えていた。私は、私のファンに会う、なんてはじめてで、ほんというと、恥ずかしいのだった。

うれし恥ずかし、と類ならひやかすかもしれないが、私は、入江氏に話したい気がして、そこもふしぎ。

電話がまた鳴った。ファンの少女が道に迷ったのかな、なんて考えてたら、おどろいたことに類の父親だった。

「どうもこの間は」

とおちついて彼は、いった。

私はまた、何かあったのだ、と心臓がどきどきした。それで私の方から何もいわず、彼の言葉を待っていた。

「類は、いますか――いないでしょうな」

「いません。何か、ありましたの？　また――」

「今朝の五時に警察から電話がありましてね」

入江氏はぶっきらぼうな声だったが、それが怒っているためかどうかは、わからなかった。

「スリップして事故起してる」

「怪我《けが》――」

「顔をすこし怪我したらしいけど、たいしたことはないらしいという話です。ただレンタカーをいわしてしもたそうで。かなり、ぶっこわれたらしいですな」

「また借りてたんですの？」

「夜通し、町を走ってたそうです。レンタカーはこわすと高《たこ》うつきます。一日の借賃が加算されるから」

氏は、ヒトゴトのようにいっていた。

「そっちへ帰ったら、いっぺん家へ来い、というて下さい。どうせ、自分で金は払えんでしょうし、来るとは思うが」

「腹を立てていらっしゃる？」

「それはもう。烈火のごとく」

「あたし、何かすることがありますか？」

「奴に毒でも盛って下さい」

（うそ）というところだった。

「いわした」というのは、いためつける、ぶっこわす、というような意味である。私は類が、私にだまって、夜通し車を運転してる、なんて信じられなかった。そういうのを聞くたび、類の嘘が、何かの証明の札のように積ってゆく気がした。スナックで遅番の日は二時まで働き、三時まで片づけ、帳面を見たり仕入れを考えたり、というのが、彼の話した生活であるはずで、あとは店の二階の天井の低い物置で、みんなコテンと寝るだけだといった。それを、そのあと、またこっそりと、借りていた車で一人、深夜に走っているなんて、どういう気持なんだろう。

最低のヤロウ。

そのとき、客が来た。

ドアが内気そうに叩かれたので、出てみると、背の高い、ほそい、顔の小さい娘が立っていた。

髪を束ねて、キャスケット（ひさしのついた帽子）の中に押しこんでいたが、束ねかねてあふれる長い髪が、二すじ三すじ、両耳の前に垂れていた。その髪も帽子も栗色だった。

少女はおどおどした仔犬《こいぬ》のように微笑《ほほえ》んで、

「こんにちは。沢あぐり先生のお宅ですか？」

といった。

私の書く少女小説の主人公みたいな子だわ、と私は、すぐ気に入った。彼女は白い綿シャツに縞のスカート、縞のソックスをはいていた。ちょうど小説の挿絵《さしえ》のように戸口の枠《わく》のなかに立っていた。そして、訪問の口実だけははっきりいって、趣旨を徹底させなければ、というように、

「わたし、毛利先生に聞きました、いろいろ、先生のこと。わたし久保アケミです。ほら、『白い雲の約束』に先生は主人公に、あけみという名をおつけになったでしょう。うれしくて」

といった。

私もうれしかった。私は、自分の書くものが、首都の編集者に、あまりよく扱われていないので、自分の仕事を、いつのまにか卑下するところがあるけれど、この少女が私の短いックリバナシの題を正確に発音してヒロインの名までおぼえていてくれたので、すこし度を失うほど、うれしかった。

それと共に、すこし、非現実的な心持にもされる——少女のたたずまいや、彼女のまなざしにも。

こんな訪問は、ある種の無責任な情熱がないとできないので、少女は、その情熱がまだ十分や十五分はつづくよう、ひたすら祈っているような、張りつめた、やみくもな気持をもっていた。それが感じられた。

「どうぞおあがり下さい。——いいえ、スリッパはないの」

あるけれど、類が、つい、つっかけてそのまま外へ出てしまうのだ。そうして片方を失ったり濡らしたりする。若い男に、きちんとスリッパをぬぐとか、ましてや、向きを整えてぬぐ、などということは絶対、躾《しつ》けられないみたい。

「はだしで、おあがり下さい。散らかってますのよ——」

ワンルームみたいな、ひと間なので、道具を片づけると、すこし、広くみえた。窓が開いているので、机の上の原稿用紙が床に二、三枚飛んでいた。

私と久保アケミとでいそいで拾いあつめる。

アケミは、なまの原稿を弄《いじ》ったので、とてもうれしそうだった。

椅子に坐って、おずおずと見渡し、

「あッ、大きな、帽子……」

と壁を指した。麦わら帽子の広い鍔《つば》のあるものに、私は乾燥花をたくさん飾りつけていた。それで思い出したのか、

「わたしのつくったものです。毛利先生のところで」

少女は、薄い紙の箱を、包まないでむき出しのまま、渡した。あけてみると、テーブルクロスだった。ドロンワーク（透かし模様の刺繍）の、きれいな白い布で、たんねんに刺繍が施されてあって、かなり大きく、正式なものだった。

女は、きれ類をもらうのに何か本能的な喜びをもつもので私は感激した。

「うれしいわ、こんなにいいものを頂いていいのかしら。あなたがおヨメにいくとき、持っていかなくてもいいの？」

少女は笑って、帽子をぬいだ。と、今まで束ねられていた髪が、ほどけて手にあまるほど、栗色の波になって少女の肩を埋めた。

「きれいな髪のいろ。――染めてるの？」

少女は咎《とが》められたように、さっと顔を赤くして、むきになっていった。

「いいえ。生れつき、なんです。赤ん坊のときは、髪に色がないのかと、みんな思ったんですって」

少女は、そんな髪の人によくあるように、色白で、ソバカスのある顔をしていた。

「あとで、先生のサインをいただけますか?」

「ええ、喜んで」

「去年の『愛読者大会』にもいらっしゃらなかったから。そのときもし、お目にかかれれば、とこの本をもっていったんです」

少女は手提袋のようなものの中から、「白鳥のわかれ」を出してきた。

私は彼女と、その小説の話がしたくてたまらなかった。大喜びで、

「ちょっと待って。冷たいもの出すわ」

といって、いそいで台所へいった。

台所へいっておどろいた。類が、いつのまにか帰っていたのだ。彼は腕をのばして壁に身を支え、立ったまま、剝《む》いた白桃にかぶりついていた。

類の顔は赤チンや、X型に貼《は》られたバンソーコー(それは右眉の上だった)でにぎやかになっていたが、頰が痩《こ》け、眼が落ちくぼんでいた。

「あーっ」

と私はいった。

た。

「ざまみろっていいたい？」

類は桃のたねをぴゅっと台所の流しに投げ捨てて、濡れた台所ふきんで、手と口を拭いた。

「それはお茶碗を拭くふきんで、タオルやないのよ」

私はむしり取った。

「アー、こわい、見幕」

類は両腕をひろげ、

「兇悪《きょうあく》犯人だゾー」

と私に掩《おお》いかぶさってきて、ニヤリと笑った。

「子取りだゾー」

「あっ、ほんと。メッチャ怖い」

私は目をつぶった。赤チンや白いガーゼやバンソーコーで華やかに飾られた類の顔は、まるで見知らない者みたいで、ぶきみだった。そういうゴミクズのせいというよりも、類が消耗して暗鬱《あんうつ》な表情に一変しているからだろう。

人相がかわる、というのはあるもんだ。

「なんで夜中に走らないとあかんのん？」

「とうとう」

私はできるったけ、冷やかな口調でいって冷蔵庫をあけた。

「働いてる、いうの、ほんと？　またどこかで昼寝してパチンコして、小遣稼いで、夜は車、乗りまわして喜んでるのやないの？」

私はゼリーを皿にうつして、少女のところへ運び、にっこりして、もういちど台所へきた。

　類は、鏡を、身をかがめて覗きこみ、自分の傷をしらべていた。

「親爺、なんか、いうてきた？」

　といった。

「毒を盛ってやってしまえ、と」

私はゼリーを一皿、類の前に置き、スプーンを添えながらいった。

「毒入りゼリーですな」

類は、ワイン色のゼリーを、テーブルに腰かけてたべはじめた。そして自分でおかしがった。

「大口をあけて食べられへん。バンソーコーが引き攣《つ》って」

「死ねばよかったのに、類なんか。何を陰でコソコソしてるんだか、分るもんか」

「コソコソとは何や、コソコソとは。ぼくなあ、一生けんめい金ためて、悦ちゃんと、車で旅したい、という夢があるねん。そのために働いとんのやないか。早番で出て遅番まで引きうけて働いて、この顔見いや、夜寝る時間ないよって、痩《や》せとんねん」

「そうですかねえ。それはええとして、車、こわれたんでしょ。幾ら払わなあかんの?」

「三十二万」

「よかったね、たくさんで」

類はゼリーをたべ終えて、太腿《ふともも》を叩いて、処置なし、という恰好だった。そして、

「あのう、車買《こ》うたげる、というたやろ?」

そういうことは、ちゃんとおぼえているんだ、この甘エタめ。

「そのお金、すこし廻してもらえないもんかしら」

「悪いけど、いまその気なくなっちゃった」

「レコード抵当におくから」

若い子はとても価値があると思ってる。

「そんなもん貰ってもしょうないわ。ロックなんか、みんな嫌いよ」

「ステレオ売り払う」

「二足三文ね、どうせ」

「ぼくを抵当に入れますから。——どうなとお使い下さい、どの部分でも」

「ふん」

類は、やにわに私の手をとって、自分の下腹に押しつけた。見ると、類の顔は、かわっ

た人相のために、険悪にみえるほど、まじめだった。

類は、というより男は、というべきか、急にその気が萌《きざ》したとき、ムッとした、まじめな顔になるみたい。私は声を殺した。

「お客がいるよ、向うに」

「かまうもんか。風呂場へいこ」

類は斟酌《しんしゃく》しない力で私をぐっと抱き寄せたので、私はよろよろした。でも、次の瞬間なぜか、類は、妙な顔をして、私を突きはなした——うしろに、おずおずした少女の顔がのぞいたからだった。

「お雑巾、ありますか……麦茶をすこし、こぼしてしまった!」

私はいそいで、少女といっしょに居間にゆき、そうすると、ついでに、というよりも、前のつづきを話した。

「失礼しました。サインさせて頂くわ、これ好き?」

「何べん読んでも泣きますわ」

と久保アケミは、やわらかい声でいった。

「あなたもそう! じつは、書いた本人の私が、そうなの、もう何年も昔に書いたのに、いま読んでも涙が出てくるわ」

少女はかわいらしい様子でうなずき、

「『白鳥のわかれ』――題もすてきよ」

　というのだった。

　それは、好きな小説というより、彼女がそれに淫《いん》しているといった、ただならぬ傾倒を思わせて、いよいよ、この少女を非現実的なものにみせる。私は中断したままの「侏儒《こびと》フランクフールの唄」のお姫さまは、まるでこの女の子みたい、なんて思っていた。

「この小説がお好きなら、きっとお母さまはお元気で、いらっしゃるわけね」

　と私がいうと、

「わかります?」

　と少女はびっくりしていた。

「わかるわ、現実に、死にわかれた人はこんな悲しい小説は喜ばないわよ……」

「そうかもしれませんね。――それからこの中に出る、マルゴという犬が好き。とても描写がかわいくて。先生、犬、お好き?」

「好きよ。いまは飼《こ》うてないけど、いつか田舎へ住んだら飼おうと思うの」

「わあ。うちにいます。子犬が生れたらさし上げましょうか? テリヤです」

　こういうネトネトした、あんみつみたいな話をしていたせいか、類が咳《せき》払いして、居間を横切り、

「失礼」

と、たまりかねたように入ってきた。

壁に掛った自分のシャツを取って、

「出てくるから——今晩は帰ってメシ食う」

と私にいった。

シビレを切らした、という風情。少女の話がすむのをまちかねていたのだろう。

私は紹介するまでもないと思って、わざと黙殺して、類のワルクチを少女にいった。

「オバケみたいな、顔してねえ……」

といった。少女は礼儀上、ほほえむだけで答えず、つづき柄をききもしないのだった。

「おさわがせしました——『オバケのわかれ』——さいなら」

と類は、「白鳥のわかれ」をもじったとすぐわかる、重々しい口調でいった。

夜、類が帰ってきたとき、さっそく彼は、

「先生、犬、お好き?」

と少女の舌ったるい口まねをしてひやかすのだった。

「女って、あんな口を利くの、へえ!」

「レンタカー借りてケガして車こわすよりマシよ」

「不潔ですよ、女は」

「でも、かわいい子でしょ、眼が大っきくて栗色の髪で、挿絵からぬけ出たみたい」

「ぼくは気持わるいな。本なんか読んでて、作者に会いたがるような子」

「じゃ、どんな子がええの?」

「若いヤツきらい」

私は類の顔の、沢山のバンソーコーを貼りかえてやっていた。

「せんせー、なんて引っぱって甘えるのんきらい。あの子、シネクネして、粘ったんやない?」

「そうよ」

類のいう通りだった。少女はなかなか腰をあげず、私は手をやいてしまった。こういう間柄でもつ時間というのは許容量があった。

私はあくびをかみころしていた。

「ああいうのに限って、デリカシーがないんや。先生、犬、お好き? なんて甘ったれる奴は、甘ったれたらみんな可愛がってくれると思ってる」

「類は甘えてないの?」

「甘えてるけど」

と二人で笑う。

「どうも女なんて、わかりませんねえ……舐め合うかんじ」

彼は、御影へ帰って、父親の帰宅をまち、小切手を貰ってレンタカー屋へ払ってきた、といった。

「傷が癒《なお》るまでバイトもでけへん」

「どうすんの?」

「どうしたらええ?」

と類は私の肩をちょいとついた。

「あたし、類がどうするか知ってるわよ」

「どうする?」

「怪我を口実に、またしばらくなまける」

「それは今まで考えてなかったけど、ええ考えです。——せんせー、男お好き?」

と類は、少女の口まねでいった。類の怪我は、べつに内臓の疾患ではないので、ノビノビして、力をたくわえてた感じ、いつもより元気いっぱいだった。ただキスすると、病院の廊下のような匂いがガーゼからただよってきた。

8

ときどき、類と私は、こんなことを言い合う。

なんの商売がいいか? って。

二人で食べていくだけなら、べつにたくさんのたべものも、金も要らないんだし。

「オレ、もうほかの奴と、よう暮さんからな。悦ちゃんとでないとダメ」

なんて類はいう。すると私は、類を、養うだけのものを儲《もう》けなければいけない。要するに類という子は働くのはきらい。なまけるのは好き。

そしてワルクチばかりいいつつ、親爺さんをアテにして、彼が解決してくれるのを、心まちにしている。

そのくせ、

「親爺ともよう住まんわ。顔合わせるのん、いやや。本能的なもんやな。――兄貴もきらい。まだ、妹と弟はマシやけど」

なんていう。

つまり、煙たいことをいう人はみな、敬遠してるのだ。

そういえば私も、兄の家へたまに帰って、びっくりすることがある。

泊ったりすると、兄が、朝、顔を洗っていて、とても大きい音を出して、

「ガラガラ、カーッ」

などという、百雷の一時に落ちるような音をたててうがいしているのを聞くと、気弱な私は飛び上るのだった。それはいかにも、百戦錬磨の勇士、酷烈なこの世の中を生きぬき、生きすれてきて、何があってもたじろがぬ、戦士のトキの声を思わせた。

これから出陣するぞ、という合図みたい。

私は、あんなおそろしい音に、よく、嫂《あによめ》や母が堪えていられると思う。それにくらべると、類が、顔を洗う前に、

「コーヒー」

と叫ぶ、あの甘ったれたやさしい若い男の声は、私をおちつかせるのだった。形のいい唇や、綺麗《きれい》な二重のまぶたに、私は興味と好奇心をもつ。いつまでも見飽きない。

ナマケモノでも、「ガラガラ、カーッ」よりは、私には心休まるところがあるのである。

彼は、でも「小遣稼ぎ」のせいか、ときどき外出し、いっぱしのジゴロのように夜になると、ぶらりと帰ってくるのだった。

そうして、彼への電話は、彼が不在のときに限って、かかってくる。

私の知らない男の声で、

「類はいますか」

という。若い男だから、友人だろう。でも聞いたことのない声である。

「今日会う予定だったんですけど、どこにいきましたか、いつ頃かえりますか」

全く、類にかかる電話の返辞は、みな、きまった型になってしまう。「いません」「わかりません」である。

男は二へん、かけてきた。

三べん目にかかったのは、類の親爺さんだった。公衆電話である。

「類は、おりまへんか」

「はい」

「しょうないなあ」

「今日は、何か、あったんですか」

「類を新しい職場へ連れていく予定でしたから、兄が待ってるんですが、この分ではダメですな」

「そんな話、聞きませんでしたわ」

「逃げたな」

入江氏はどんな顔をしていっているのか、私には分らない。

「いや、逃げてはいかんと思うて、駅で車を持ってまっていたんですが、まあ、仕方ないですな」

「いま、駅ですか？　こちらへいらっしゃいませんか」

私は思わず、そういっていた。

「お迎えに上りますわ、すぐですから……」

私は、ジーパンに綿シャツのまま、帽子をかむって出た。入江氏にあうのは、とてもたのしみだった。

駅の前は、日ざかりの夏の陽がかっと白いだけで、何もなかった。

私がバスの発着地点のまん中で、きょろきょろと見まわしていると、

「そんな所にいては危ない」

と声がかかった。

見ると、入江氏が、にこにこして歩いてきていた。

「暑いので、日蔭《ひかげ》に止めています」

駅の端っこの木の繁みの前に、黒い車がとまっていた。

「ここからすぐですのよ、御案内しますけど……ただ駐車場がなくて」

私は車が、家の前に駐《と》めにくいので、すこし考えこんだ。

「いや、まあ今日は、家へいくのはやめます。昼前からここで待っていて、昼めしを食ってないんですわ。ご一緒に、どうですか?」

「あたしも?」

「ええ。どうせ、類はもう来ないし」

「類を、長く待ってらした?」

「二時間。——兄から電話がかかりましたか」

そういえば、類の兄かしら、あれは。

「ええ。皆さんがいろいろ、気を使って。お気の毒に、類ちゃんは何してるんでしょ、ど

ういう気でしょ」

「何べんも念を押したんですがなあ」

「ハア」

「忘れるはず、ないと思うけど」

「あたしに言ってくれれば、類ちゃんにいえたのに。類は、かんじんなことは、あたしにしゃべりません」

「類は、就職を、かんじんなことと思うてない」

入江氏はそう笑って、私を車に乗せ、自分は上衣を後ろのシートに投げて、半袖のシャツにネクタイという恰好で、運転席に乗りこんだ。

「どこへ?」

「どこか、いきたいところ、ありますか? どこへでも」

入江氏がそういったとき、私は、すこし類がかわいそうだった。類は、私を車に積んで、そういうことをいい、行方《ゆくえ》さだめぬ旅をするのにあこがれてるのだった。

でも、それが実現できぬのは、類がわるいのだから……。

「でも、なぜ類って、そんなに、勤めるのきらいかしら」

「性分やから、しかたないでしょ。私も、もう世話はやかないことにする。二時間、網張ってても逃げられたんやから」

「そう約束して?」

「十一時に駅で落合うて、私の車で連れていくことになってた」

「すっぽかしたの。——」

類の弁護は、私はしなかった。

すっぽかすのは、いかにも類らしかった。

「どんなお仕事?」

「さあ。上の息子が何かかンか、言うてたけど、ようわかりません」

入江氏は坐り直して、

「鮎《あゆ》でも食いにいきますか。ああいうドラ息子にかかずり合ってると、やればやるだけ不快です」

「ごめんなさい」

「あんたがあやまることはない」

彼は、私をもう、「オタク」とは呼ばなかった。それで、私も、「入江氏」という言い方はしなくてもよいように思われた。尤《もっと》も、私のは心の中だけで、口に出して呼んだことはないけれど。私はくつろいでいった。

「でも、甘やかした責任は、あるかもしれへんわ」

「それでは、責任をとってもらう。——」

「どうすればよろしいの?」

「昼めしにつきあってもらいます」

と入江氏は——いや、入江は愉快そうに笑った。

私は、この男と食事するのはたのしみだった。また彼の、しっかりした大きな手、ナイフやフォークが小ちゃく、オモチャのようにみえる手、それらが愉しげにかるがると動いて、形のよい唇へ、おいしそうにたべものが運ばれるのを見ることができる、と思うとたのしかった。

「どこまでいくの?」

「奥へ入ると、ええ鮎茶屋があります。昔から、鮎の宝庫で……古い鮎料理の店があるよ。——魚、たべるんでしょ」

「はい」

「また、ハイという」

「そうね、ええ年して。クセなんです」

私はクーラーの利いている車内で気持よく坐っていたが、ふと身なりをみてびっくりした。

「あっ、あたし、ふだん着で来てしまった」

「山の中やから……その方が、ええ。私は、人前に出ると思って、こんなんひっかけてますが」

「山の中へいくの?」

「田舎はきらい?」

「好きよ。類も好きって」

「あいつが住めるもんですか、田舎、田園、山里。そんな所へいく人とちがう」

「そうかしら」

「あいつは町のゴキブリみたいなもんで、町の底を匍《は》いまわって暮す奴ですなあ」

入江の言葉は淡々としていて、憎んでもいないが、べつに自慢にもしていない。

「コーベ、オーサカ、キョート。そのあいだを縫うて点々と小さい町がつづいて、あいつはそういう縫目をもぞもぞうろつきまわるのが大好きです。しらみみたいな奴」

「ハハハハ……」

辛辣《しんらつ》だけれど、ほんとうなので、私は笑わずにはいられなかった。

車は、今は、見はらしのいい郊外へ出かかっていた。いちめんの青田、山々の緑はおそろしく濃い。

このへんの農家は町に近いので、しっかりした瓦屋根や、アルミサッシで、りっぱな家々に改築していた。畠《はたけ》には、サルビアやグラジオラスの花も咲き乱れていて、山脈の上に白い雲。

車は、畠の中の道をはいった。

「近道をする」

「このへん、よく知ってはる？」

「ゴルフにいく道やから」

と入江はいって、

「今日は一日棒にふった。ゴルフにいくつもりやったのに行きそびれた」

といった。

「類は、スポーツは何もしないのかしら。この間、ナイターへつれていってくれたけど」

「あれは高校のころ柔道してたが、すぐやめてね」

「チュータイストねえ」

「中退せえへんもんが、何かありますか？　あいつのやったことで」

入江はふしぎそうに、そういい、私は、それは、「愛の行為」でしょうといいたかったが、やはり、すこうし、はばかられて、やめた。

入江はクーラーを消し、

「窓をあけて風を入れなさい」

といった。

「外の空気はおいしいから。からっとしてるから、暑うないはずや」

「ハイ」

と、やっぱり、声が出る。

青い田と畠のあいだを、車は走って、対向車にも追越車にもあわない。

「類なんか待たんと、もっと早うから、あんたと行ってたらよかったですな」

と彼はたのしそうにいった。

そうして、片手でハンドルをさばきながら片手で慣れたふうに煙草をつけた。

川が見えてきた。

広い、浅い、水の澄んだ川である。ここに鮎がいるのだ。車は川をさかのぼってゆく。

9

「鮎茶屋……」

と私がつぶやいたので、入江は、私が何か行先なり、たべものなりに不信感をもっているのかと思ったらしく、

「普通の農家、というのか――いや、私は百姓家といった方がぴったりすると思いますが――川のそばでやってるんで……峠の茶屋という感じ。悪うないですよ」

「京都の奥の、あんなふうな？……」

「そこは知りませんが、きっと、そんなに都会風やない、と思いますなあ」

車はまた、県道というか、国道というのか、交通量の多い、ガソリンスタンドや、ドライブインの派手なのがあったりする道へ戻った。

近道をする、と入江がいったのは、この道へ戻る距離らしかった。

長距離トラックがびゅんびゅんと、追い抜いていく。幹線道路ではないのだが、

「近道なんですよ、これは……○○へいく」

と入江は、日本海沿岸の都市の名を、あげた。

トラックは、おしりのところに、

「御意見無用」

とか、

「日本海あばれ者」

などとペンキで書きこんでいた。「御意見無用」と「日本海あばれ者」は、たがいに競うごとく、尻をふりたてて長大な体を宙に飛ばし、信号にひっかかると、地だんだふむように、エンジンの唸《うな》り声をあらあらしくひびかせるのだった。

私は、それらの言葉が、トラックの自己紹介みたいな気がして笑ったら、

「なあに。あんなことというのに、ほんとのあばれ者はおらへん。若い者《もん》というもんは」

と入江は笑った。

それは、人の子の親、という暖かい感じはなくて、硝子《ガラス》玉のような冷たさと、一抹《いちまつ》の苦みが感じられた。私は、彼はきっと、家庭で面白くないのではないか、類だけでなくて、ほかの子供たちとも、しっくりしていないのではないか、などとちらと考えた。

でも、そういう彼の人生的位置は、私には快いものだった。

そうして、私が入江と会っていて快いのは、彼が「人の子の親顔」をしていないことだということにも気付いた。

入江はむろん、類みたいに、私のスカートをおろして「挑発するな!」なんてふざけないけれども、私は、彼の横にいて、充分おもしろかった。彼は、車に何台追い抜かされても平気だが、どういうぐあいになっているのか、信号にひっかかって、タタラを踏むようなへまはしない。スイスイと走る。ごくごくまれにひっかかっても、橙《だいだい》色で、きちんと止り、美味《おい》しそうに煙草を吸う。類みたいに、あ、あ、というような、橙色から赤へ変っているのに滑りこんだり、急停車でシャックリをしたり、させない。

私は、彼の運転だと全く、安心する。

「それは――。税金をちゃんと払《はろ》うてるオトナですからな、私は」

と入江は笑った。

「税金と、運転の上手下手と、関係ありますの?」

「税金も一人前に払うてない奴は、無茶します。――類が払いましたか? 国や県に」

私たちはまた笑った。

私は、鮎茶屋がたのしみだった。それで、さっきの話の続きをした。

「京都も、都会風な店ではないんですのよ、昔ながらの店がまえで……床几《しょうぎ》に緋毛氈《ひもうせん》なんか敷いてあって、藁《わら》ぶきの屋根で、竹の枝折戸《しおりど》なんか、あるのよ、田舎家風なの」

「しかし、プラスチックや、新建材は使《つこ》うてまへんやろ」

「ハイ。もちろんやないの」

「それは都会風なことです」

と入江は、新しい煙草に火をつけながらいった。

「田舎は、今日び、プラスチックや新建材を使う。藁ぶきや、竹のしおり戸、なんちゅうもんは、洗練された趣味でして、ねえ——都会の趣味なんですよ」

私は、入江の話や、話しぶりが好きだった。

私はあんまりたのしかったので、窓から顔を出して、窓枠《わく》に指をかけていた。

そうすると、ちょうど信号でとまった隣りの車の、うしろのシートに、犬が積まれていて、犬も、窓枠にちょんと手をかけてこっちを見ていたから、笑い出してしまった。

犬もにが笑いしてるみたいだった。雑種らしい、人なつこそうな犬である。車が走り出すと、向うの方が先になり、犬は、

「へっへへへ……お先に」

というような顔で、こっちを見ながら遠ざかっていった。私は犬の話をしてげらげら笑った。何を見てもたのしい。

「犬好き?」

と彼に聞いたら、

「さあ。考えたこともない、好きか嫌いか」

と入江はいう。

「どうして」

「そんなこと聞かれたことないから。今まで」

「そうかなあ」

私には、へんなクセがあり、はじめてあう人に、犬がお好きですか、それとも猫がお好きですか、と聞きたくてたまらない。私の思うに人間に二種類あって、犬好きと犬ぎらいである。

(だからといって、こうこうだ、という仕分けの根拠はもっていないけれど)犬の好きな人は何となく同郷人みたいな気がするのだった。

「子供だけでたくさんですよ。足もとや手にジャレついてくるのは」

入江は、うんざりした、という口調でいう。

車が、県道から逸《そ》れたと思うと、すこし走って、農家の前に停った。なんの看板も出ていない、ふつうの農家で、入口はガラス戸になっていた。それでも、素人が書いたらしい字で、「あゆ茶や」と、木の看板が、軒に掛っていた。

ゴム長をはいた屈強な男が、家の裏手から出て来て、入江を見ると、顔見知りらしく挨拶した。車は、二台ほど、停っていたので、客があるらしかった。

農家の土間を突切って、奥の座敷へ通ると、いっぺんにあたりの世界が青く染まった。青葉の中の座敷なのだった。家の横を川が流れていて、縁からのぞくと、プラスチックのざるに、身欠きにしんを入れて、さらしてある。

「やっぱり、プラスチックを使うてはるわ……」

というと、入江は見て、笑っていた。

青葉のあいだから、対岸へ渡る橋が見えた。それは土橋だった。橋の下は瀬になっていて、そこに西瓜《すいか》を冷やしてあるのもみえる。

川のある風景が珍しくて、私は喜んで、

「カメラもってくればよかった！」

といったら、

「カメラ？」

思いがけないことをきく、というふうに入江はびっくりした。私はべつにカメラの趣味はないけど、何か、ここの風趣を、形のあるものにとどめておきたい、という気がふいにしたから。私は入江に聞いた。

「写真、写さない？」

「私が？」

入江はふしぎそうに聞いた。

「何をうつしますねん？」

「何たって。旅行のときとか、家族とか」

「家族なんか、うつしたことはないですなあ」

「子供のちっちゃいとき。――生れたてのとき」

「ああ、そういえば、上の息子が生れたときカメラを買いましたかな。しかし一、二年すると飽いてしもた。赤ん坊にもカメラにも」

それを、入江は率直にいった。率直なことは残酷なことである。私は、個室がいっぱいある（と、類の話から思われる）、彼の家庭を思い浮べずにはいられなかった。家族がみんな、一つずつの部屋にはいり、音も立てず何かしている、中には類のように、出たり入ったり、荷物を持ち出していても誰も気付かないような。

でも、目の前に見る彼は、そういう荒涼たる家庭の経営者とはみえないような、いい感じの笑みを浮べていた。そうして、ものをいったり笑ったりするときにこぼれる白い歯に、とても愛嬌《あいきょう》があった。

類は、愛嬌のよさではとても、父親にかなわない感じだった。

それから、人生の厚みというか、手ごたえというか、そういうもののたしかさにも。

(むろん、これはキャリアからいって当然のことだけど)

彼は、給仕の婆さんと、言葉を交わしていた。

婆さんは、天然の鮎は、ここ一週間もしないでなくなる、ちょうどよい時期だった、というようなことをいっていた。解禁になるとどっと獲《と》りつくされるので、年々、なくなる時期が早まるというのだった。その間に、きれいな、姿のいい鮎の塩焼きや、背越しが並べられた。

皿には青紫蘇や、青楓《かえで》が敷いてあった。

運転をするので、ビールを飲む、と彼はいった。

私は、彼に、たべかたを教わった。鮎をあたまから、食べてしまう。養殖ものとちがうから、あたまも柔らかくて、たべられる、というのだった。たべてみると、はらわたの高貴なにがみと、塩味と、淡白な肉がいっしょになって、美味しかった。あたまは小さくとがっていて、骨もやわらかだった。

何となく、けだかい魚、という感じ。魚の中のデキブツだろう。

「あたまを齧《かじ》ったなんて生れてはじめてやわ」

私は大喜びした。図にのって彼のしているのを真似て、手づかみで食べたけれど、ちっとも、なまぐさくなかった。

「東南アジアで、こうやって魚を手でたべましたな。こうやると美味《うま》かった」

と彼はいうが、私は、団体旅行で、ずうっとホテル泊り、魚を手づかみでたべる機会はなかった。

「では、アンコールワットも団体でいったの?」

「バスに乗っていった」

「私はあれ、自転車でいきましたな。一台に二人乗れて、一日使うて二千円でした。二百リエル、いうたかなあ」

私は、アンコールワットの話がしたくてたまらなかった。あそこの思い出は、今も夢に見るのだった。湿ったぶきみな黴《かび》の臭い、地底から風のように舞い上ってくる蝙蝠《こうもり》たちの凄《すご》い羽音が、石のドームにこだまして……。

大広間、中広間、廻廊から廻廊へめぐっていても、人ひとり会わない。バス一台ぶんに乗った日本人の観光客たちは、どこへいったのか、ちりぢりにいなくなり、私ひとり迷ってしまった。

腐蝕《ふしょく》した石の階段を昇っているうち、いつか、狭く、けわしくなって、石段の一段々々が高くなってゆく。私は無心にのぼってゆく。——と、広間に出る。

まわりに、私を見ている、ぶきみな人面像。

私は、夢中でしゃべっていた。

「そうそう。あの石の顔は二メートルほどもあった。ニターと含み笑いしててねえ」

彼も、思い出していうが、それは、鮎をあたまから、齧りなさい、というのと同じような語調だった。でも私は、頓着《とんちゃく》なく話しつづけた。バイヨン廟《びょう》に、浮彫があったでしょう？　戦争や闘鶏をたのしむ人々や、収穫の宴会の図や。

私がしゃべっている間、彼は、そうそう、と相づちを打ったり、

「あそこの草むら、一人で歩いてたの。あんなとこ、毒蛇いっぱい、いよりまっせ。香港《ホンコン》の蛇料理につかう蛇は、カンボジヤからいくんやから」

などといって私を怖がらせたりするのだった。でも、類みたいに、途中で、

「おッ、ネズミ！」

なんて話の腰を折ったり、しない。

私は、私の話をじっと聞いてくれる人間にはじめてあった気がする。

そうして、私の例のクセで、運命が次の人とあわせたとき、どうして前の人と、調子が合わなかったかがわかる。それを、またいま感じている。少なくとも、彼に向って類よりは私は話しやすかった。

枝豆ごはんと胡瓜《きゅうり》の漬物ですませて、私は川へ下りてみた。デニムのジーンズの裾をまくりあげて、片足ずつ、濡らしてたのしんだ。日ざしが強いので、腕がみるみる灼《や》けてい

くのがわかる位だったが、水は冷たかった。

この冷たさが、鮎のすがたや色を美しくして、香気をもたらすのかもしれない。川の中に小さいハヤがいくつもいた。

私は、縁から、麦わら帽子をとって来て、ハヤを掬《すく》おうとした。影は見えるのだが、とってもすばしっこくて、帽子はぐにゃぐにゃになるし、すくえない。

キャアキャアとひとりでがんばってたら、石がぬるぬるするものだから、すとん、と水の中に転んでしまった。あっと思ったら、水の勢いが烈しいので、突いた手も流されて、脛《すね》までしかない浅い川なのに、肩まで濡れてしまった。

おかしいから、髪も濡らして、ついでに、水浴びした。濡れたら同じだから。つめたくて、いいきもち。

水着もってくればよかったな、と私は思って、ひとりで笑ってたら、

「何をしてる」

と縁側に立って、入江が呆れたように、煙草をふかしながら見おろしていた。

「ころんでしまった……」

「ころんだらさっさと起きなさい」

「ついでやから、遊んでた……」

「なにいうとんねん。着更《きがえ》もないのに」

と入江はいったが、しばらくしてまた、やってきた。車のトランクに入れてあったらしいバッグを提げていて、

「シャツとズボンがあるけどねえ……」

「大きすぎて着られへんと思うわ」

「濡れねずみで車に乗られますか」

私は、叱られて、部屋の襖《ふすま》をしめて、彼のゴルフシャツと、ゴルフズボンを借りて着更えた。

類のだったら、丈はともかく、大きさは合うんだけど、彼のは、たっぷりしていた。車のトランクであたためられたせいか、暖かい。

ズボンを穿《は》いて、ひっぱりあげると、胸のところまできた。

それで、シャツを上に着て、濡れた私の服を絞った。入江のゴルフシャツは白で、衿に紺のふちどりがあり、ズボンは薄茶色だった。

入江は私の手から濡れた服を受け取って、うしろのシートへ抛《ほう》りこみ、私を見て、

「さあ、もういきますか、抛《ほ》っといたら次は何するかわからへん」

と笑うのだった。

「もう、かえるの?」

「まだ、どっか、いきたい?」

彼は、車の向きを変えようと、バックするのに気をとられていた。私は、類がナイターに連れていってくれた時より、ずっと面白くて、ぴったりするので、ほんというと、別れたくない気がした。

10

「あゆ茶や」の人が、おみやげにハヤの飴煮《あめに》をすこしくれたのを、入江は私に渡した。おみやげといっても売っているのではなく、彼が、食事の最中、「美味しい」とほめたので、婆さんがナイロン袋にほんの少し包んでくれたのだった。

「おうちへ持ってお帰りになったら」

私がそういうと、

「持って帰っても食べるもん、居《お》らへん」

と彼はいう——彼自身は、好きなのであるが、昼間食べたものを、夜また食べていると、侘《わび》しくなるのだそうだ。〈でも伯母さんがたべはるかも〉などいうと、彼の家庭を根掘り葉掘り、ほじくるみたいなので、私はいわずにおいた。それに、私はそれが欲しかった。

「うれしいわ……あしたのお昼は、これでお茶漬けをたべよう」

私は、飴煮の袋を大事そうに撫《な》でて車の前に、目につくように置いておいた。もしかして忘れたらたいへんだから。

「今日は、とてもとても楽しかった！　おいしかったし！　珍しいとこ見せてもろて」

と私は、車が走り出すと感謝をこめていった。

「物喜びする人やなあ」

入江はすこし呆《あき》れていた。

「どこへも遊びにいかへんのですか？　若いくせに……」

「ハイ、あまり旅行しない。――だから十年前の、アンコールワットのことばかりおぼえてるの。だんだん、だんだん、思い出がふくらんでいくから、たった一回の旅でも充分なんです」

「私はまた、若い人は旅好きか、と思ってた」

「旅は好きやけど――なんとなく、出るのがおっくうで、空想してることが多いから。絵葉書とか、本の写真なんかで」

「類とはいかへんですか」

「たまにしか」

「そうか、あいつ、金ないか」

と入江が笑うので、私はいそいで、

「この間、海水浴にいきました」

と類の名誉のためにいった。

「類ちゃんが、切符も宿屋も手配したわ！」

「何で当てたのかな、競馬か、どうせ……」

さーすがご存じでいらっしゃる。

「子を見ること親に如《し》かず、ですよ」

帰り道もたのしかった。彼は運転しながら、

「今日び、何かして、あんたみたいに喜ばれることはめったにない」

「何のこと？」

「いや、若い者は、何をしてやっても当り前みたいな顔してる」

「子供は、そうとちがうかなあ――親がしてくれるのは当り前、と思ってるわよ。――あたしかて、母が何かしてくれても、当り前と思て、礼もいわへんわ」

「いや、何というか、それともまあ、違うけどね。礼なんか、いわんでもええねん……喜んでくれたら、こっちは分るんやけど。人間、ほんとに喜んでるか、喜んでないか、というのは、見ればわかりますよ」

私が喜んでるので、彼も、うれしいみたいだった。

「喜ばせ甲斐《がい》のある人というのは、可愛げがありますなあ。あんたは一万人に一人の人で

すね」

「入江さんみたいに、人を喜ばせたいと思う人は、二万人に一人ですね」

と私もいって、おべんちゃらを二人で楽しむ。

「それはそうと、このあいだ類が、レンタカー屋へ金払うたん、あんたが立て替えたでしょ」

「あれは、入江さんが、小切手で払いはったんやないの」

「いや、その前。期限すぎて返しにいかへんのがあったでしょ」

「あッ、そう、ありました」

「いくらやった？」

「四万円。忘れてたわ……」

私、ほんとに忘れていた。——だっていつも私の財布から出してるから、生活費も何も、ごっちゃになるので。

私は、これはたいへん残念なんだけど、人に貰ったものはおぼえてるのに、やったものはすぐ忘れるのだ。

「似てますなあ。そこも」

と入江はいう。

「誰に？」

「私に。私も出したものを忘れる」

そこも、というからには、まだたくさん、似てるところはあるのかしら？……。

「あるねえ。第一に、類の被害者でっしゃないか。被害者同盟やないかいな」

と入江がいうので、私は笑った。でも、私は――私の方は、類の被害者とは思えなかった。

――被害者と感じたら、一日も棲《す》めなかった、男と女の仲では。

「それはちがう」

彼は冷静にいう。

「被害者やから、離れられん場合もありましてねえ」

私にとって、彼のことばは、何か含蓄ありげに、いつも聞えるが、それは彼自身のことばにほかならないからだ。類が、何か、気の利いたことをいうとき、まるで「天に口なし、人をして語らしむ」というような感じでビックリするのとちがって、入江の言葉はまさしく、入江がしゃべっているのだった。

「それから、お人よし、という共通点」

「そうかな？」

と私は首をかしげた。入江はまだ数えて、

「りちぎ、まじめ。あんたもまじめで、りちぎでしょう？」

「さあ。ナマケモノよ、あたし。そやから類と気が合うのやと思うわ」

「ナマケモノでも、女がひとり独立してるのやから、えらい、えらい」

　彼はあたまを撫でるようにいった。それで私は、彼が、類のぐうたらに、どんなに心をいためているかが想像される気がした。

「類ちゃんの、お兄さまは、ちゃんとしてはるのでしょう？　おつとめもして結婚して」

「ちゃんとしすぎて具合の悪いときもある。自分だけがちゃんとしてる、と思う奴は、人にきびしいからね。上の息子は、類に怒り、妹に怒り、私に怒り、家へやってくると、いつも息、切らしてる」

　私は、「息、切らしてる」という入江の表現がおかしかったので、思わず笑った。

「どうして、お父さんに怒るのですか」

「類たちが、グレたんは、親の責任、いうようなこと、ぬかす。何が親の責任ですか」

「ふーん」

「あの、人を責めることが大好きな人があるね、正義の味方の中には」

「ああ、そうね」

　といったが、私の考えているのは、自分の兄のことだった。兄は、「ガラガラ、カーッ」とうがいの音をたてて私を飛び上らせるばかりでなく、「どないするつもりやねん、いつまでもフラフラ独りでいて」と、私の顔さえ見ればいい、その点、よく似ていた。私は、

「類ちゃんは、うまれつき、枠に嵌《は》まったことがきらいなのよ、お父さんのせいとちがうわ」

となぐさめた。そんな気安めで慰められないと思うけど。

「学校へいくとか、毎日、つとめに出る、とか、どうしてもでけへん若い子は、いま、多くなってるのよ。類だけじゃありません」

「さあ……。何しろ、高校のときでも二時間目、三時間目ぐらいまでいつも遅刻、欠課、四時間目ぐらいに出て、出ても勉強せず、ぼんやり外見たり、あくびしたり、してたそうです」

「ふうん」

としか、いいようがなかった。

「先生が叱っても反抗的でね。職員室へ呼びつけても顔出さへん。来ても、先生がモノいうてんのに返事もせず、平気で新聞よんだり、煙草出して『マッチください』いうたり……」

「アハハハ……」

私は笑ってしまった。

そんなところは、すこし、いまの類にも片鱗《へんりん》があった。

でも、いまの類は、とても可愛げがあって、イキイキして、たのしい男なんだけどなあ……。

でも、それを、私は、類の父親にいうわけにいかなかった。類の可愛げやエネルギーは、私と同棲《どうせい》しているために生れているものかもしれない、と思ったりしたからだった。

それよか、私は、入江が、「類たちがグレたのは……」といったのが、気になった。たちというからには、類の妹や弟も、おかしいのだろうか。

私は、なぜか、もうソロソロ、家庭のイザコザをきいてもいい気がして（というのは、かなり親身な仲になった気がして）、

「でも、いうことときかへんのは、類ちゃんだけでしょ。ほかはみんな？……」

とさぐってみた。

すこし、好奇心もあった。

「妹が、よく外泊しますなあ。もう、どこかで男と棲んどるのかもしれへん」

「女子大生でしょ」

「あと二年で卒業の予定ですが、それまで待たんかもしれませんなあ。――これが、よう伯母と――私の姉やけど――喧嘩《けんか》しましてなあ。気の強い娘で。昔かたぎの伯母にしたら、何もかも気に入らんというところ。まあ、娘も悪いんで、やさしげな所がないから。あれで、男にはやさしいのかもしれんが」

外泊して男と棲んでいる女子大生は、いくらもいるんだし、私にしてみれば、グレてる

中には入らないと思うけど……。

でも、私は、入江の言葉に、いつか類といった海水浴場のある地方都市の、タクシーの運転手の言葉、あの匙《さじ》を投げたような、

「おえりゃアせんが……」

という方言を思い出した。

それで、私はふと、クスクス笑った。

「こら」

と入江はいう。

「人の難儀を聞いて笑う奴があるか。未婚の娘が家明ける、それを咎《とが》める、いうのは、たいがい疲れまっせ」

でもそういいながら、入江の口調は、自分の難儀を自分でおかしがってるみたいな、透明なゆとりがあって、だからこそ、平気でいうのかもしれない。

「まあ、もうハタチやし、ぼてれんになったところで、こちゃ、知らん」

といい、「ぼてれん」というのはおなかが大きくなることである。

それに、入江のいい所は、そんなことをいっていても、まるで生徒寮の寮監が、監督の目のとどかないのをこぼしているような感じで、親爺くさくなくていい。だから、ほんとに、心配しているように聞えない。

そのとき、とつぜん、車が急にカーブした。入江は必死になってハンドルを切ってい
た。私はごてんと転がされて足がフロントガラスを突き破るほどだった。真横から車がと
び出したのだった。
「しょうない奴ちゃなア」
入江は、昂奮《こうふん》の感じられる声でぼやいた。私は胸がどきどきした。彼のハンドルさばき
がもう少し鈍く、トロくさければ、があん、とぶつかっていたにちがいなかった。
その車は、私たちの車のうしろを走っていた。
二十七、八の男である。私はうしろを向いて、にらんでやった。
「海水浴帰りで、ボウとしてるのかもしれへん……あんまり、見なさんな。やーさんやっ
たらうるさいよ」
「そうかて、あっちが悪いんやもん」
「そんなことを、やーさんが考えるかいな」
信号で車が止った。私がハッキリ見ようとしてうしろをふり向くと、うしろの車の男は
ドアをあけて出て来た。まっ白いスラックスに、赤い縞のシャツ、うすく色のついた眼
鏡、べつに、やーさんのようでもないけど、私は、どきっとした。
男は走ってきて、窓をのぞきこみ、
「すみません！」

と入江にいった。入江がうなずくと、彼はもういちどいって、私にも目をあて、会釈した。

「どうも!」

日によく焼けているが、セールスマンのような感じだった。わるい人じゃないみたい。

と入江はいって、車を出した。私はもう、うしろをふりむくのをやめた。

「あやまるだけ、マシや」

と言い合った。マシ、というのは「適当」という意味である。(入江はそういう人間のランクを知らないけど)

「やさしさがある。やさしいのが、いちばんええ」

と彼はいった。彼のランクでは「やさしさ」がいちばん上へくるらしかった。

町へはいったので、窓をしめ、クーラーをつけた。町へはいると、私は、やっぱり類のことを思い出さずにいられなかった。

「類ちゃんと、入れ違いになってるかもしれへんわ」

「もう、ええ……。それよか、あいつ、事故のキズはもうなおりましたか」

「癒《なお》って、また、スナックへつとめています」

「まあ、そこでもちゃんといけば」

駅からすこし車ではいってもらって、家の近くで、私は礼をいって下りた。

「そうそう、忘れる所やった！」

と彼は、ハヤの飴煮の袋をわたした。

「服をお返しするわ。でも、洗濯してから」

私が、窓のそとからいうと、彼は聞えなかったのか、わざわざ身をずらせて、窓をあけ、なに？　といった。

「あとで、服をお返しします。類ちゃんにでもことづけるわ」

「もう、類の話はやめてんか。類の、るの字も聞きとうない」

そうして二人で笑って、別れた。

家へ帰ってみると、離れの門は開け放され、入口のドアも開いていた。

「おかえり」

類がいて、おどろいたことに、私のファンの久保アケミが、来ていたのだ。

類は、窓のところに坐ってギターを弾いていたが、私を見て、弦を押えた。

「どこ、いってたん？」

と彼は、咎めるようにいう。類は、しじゅう、るすにするくせに、私がいないと、ご機嫌がわるいのだった。

「あ、おかえりなさい、先生……」

アケミは、今日も透きとおるような白い肌に、亜麻色にちかい、うすい髪の毛を、ふさふさと肩に垂らしていた。

椅子からたち上って、首をかしげ、おずおずした笑みを浮べた。

「おるすに伺ってごめんなさい……あたし、この間のお礼に、自分で作った、苺《いちご》ケーキを持ってきましたの。うっかりして、おるすなんてこと考えないで」

「それはどうも、ありがとと。……でも、るす番がいて、よかったわ」

と私は類を見たが、誰も皮肉と気付かないらしくて、

「先生、おるすなのに、わるいと思いましたけど、あげていただきましたの……」

と少女はいった。彼女は類を見つめて、

「ギターをきかせていただいたり……お話をうかがったり」

類に、「お話をうかがう」人間がいるとは世の中も広いもんだ！

「どんなお話？」

「あのう、先生の、ご執筆のもようとか……」

こまったことだ。私がモノを書いてると類はそばへ来ては、衿首《えりくび》へ手をつっこんだり、お尻を撫でたり、するのに。

「類さんったら、とてもお話がおかしくて……」

類は、自己紹介したのかな、と思った。少女は、とてもしたしみ深そうに「類さん」なんて、いっていた。

「あの、先生は、毎月、いっぺん泣かれるんですって？　かなしい小説のとき」

少女は、べんべんと腰をおちつけていうのだった。おっとりした口調で、はにかんだみたいに、可愛らしく首をかしげて。

それは、かわいらしいけれど、あんまりかわいらしすぎて、胸にもたれる、というていのものだった。

「類が、そんなこと、いったの？」

「ええ。――」

少女が類を見返ると、類は大きくうなずき、

「その小説のしめきりのときは、いつも涙流して書いてる。アンネみたいに、毎月一ぺん、泣くから、かなわんよ」

といった。それで、私も少女も笑った。

「先生、それは――『吹雪の記憶』とちがいます？」

「そうよ、ほんというと」

「あッ。あたった！　あたし、そうじゃないかと思ってましたの、あたった！」

少女は、とび上ってよろこんでみせた。

私は、何だかつくづく、久保アケミを見ちゃった。

金目のかかった服を着て、言葉のはしはしにも、いい家庭でかわいがられて育った、と

いうことがうかがわれる。おとなしそうできききわけよさそうで、素直そうで、みんなに甘えみんなも甘やかしている、こういう少女をもつ親は、どんな顔をしてるのかしら、なんて。

入江のように、いつもヒトのことをいうように子供の話をする、「おえりゃアせんが……」というにがみのある口調、それでいて、どこか、一点、レモンの酸味のようなさわやかな味のただよう、あの複雑な表情や、声音に、縁がないだろうと思われた。

私は、入江に同情する気持が、はじめて湧《わ》いた。

アケミは、まだゆっくりしていたそうだったが、私が、そのへんをバタバタ歩き廻ったりしたものだから、

「それじゃ、失礼します」

と、ぐずぐずした動作で、椅子においた麦わら帽子をとりあげた。

「あら、もう？　ゆっくり、なされば？」

と私は、あきらかにお世辞と分る口調でいった。

「いいえ、もうだいぶ、ゆっくり、いましたの。自分で持ってきて、ケーキ、たべちゃいました！　でも、先生のは、冷蔵庫に入れてあります」

とアケミは、また首をかしげて、はにかんだようにいった。誰かに、そんなポーズをほめられたのかも、しれない。

門まで送ると、アケミはほほえんで、

「弟さん、ギター、とてもお上手ですね」

という。

「ギターもきかせてもらったの？」

「はい。それに、歌も……即興で歌ってくださるの」

若い奴はキライ、といっていた類にしたら、またずいぶんサービスのいいことだ！

「ではまた、弟のいるときにきてね」

と私がほほえむと、アケミは、なんべんもサヨナラ、サヨナラ、といって出ていった。

私は、部屋へ、脱兎《だっと》のごとく帰った。

全く、あの、のんびり、シネクネしたお嬢さんのお相手をしてると、イライラしてくる。

類は、のんびりとギターにしたしんでいた。

「ギターのうまい弟さん！」

と叫ぶと、類は、

「へ、へへへ……。それしか、いいようないやろ」

という。

そして、

「ただいま、のキスは」

と唇をつき出したりして。

「それどこやないわ、今日どうしていかへんの？」

「どこへ」

類は、ギターを床においで、シャツをぬぎ、上半身はだかになって、

「暑いなア。くそ」

なんて、ごまかす。

私の方をみない。

「類。今日、お兄さんに、就職先つれていってもらうんやなかったの？　お父さんが車で迎えに来てはったのに」

「えっ！　明日やで、それ」

「今日よ」

「うそ」

類が、しんからびっくりしたように、綺麗な眼をみはっていうので、よけい私に、類のウソを悟らせてしまった。

（こん畜生）

と私は思うが、それも、

（こまりますね）

（こまりますわ）

といった感じである。切実に腹が立たない。

「あーっ。しもた！　ぼく、一日まちごうてた」

「一日、ねえ……」

と私はうなずいた。類は、頸《くび》に懸けた金色のメダルをひねくって、唇にふくんだり、指先で弾《はじ》いたりして、たいへん、残念そうに、感慨無量に、いった。

「そうかア……今日やったのかア……」

「今日やったのよ」

私は愛想よくいった。類はふと、

「親爺に会《お》うたの？　怒ってた？」

「類の、るの字も聞きとうないって」

「兄貴は？」

「兄さんに会うはず、ないやないの。お父さんと、駅の前でまち合せてたんでしょ」

類は、首すじを叩いて、こんどは、テーブルに頬杖《ほおづえ》をつき、私が、

「え！　そうでしょ、お父さん二時間待ったって！」

というと、

「へ、へへへ……」

立ってきて私のうしろへまわり、衿もとから、大きな、骨ばった手をおろして、さわろうとするんだから。

「そう怒ると、キリョウがさがりますよ……」

「怒ってないけど、でも、そういうのはこまるんやわ」

「すみません」

「すみませんですんだら、オマワリ要らん」

「なに、それ」

「小ちゃいときに、そんな歌、うたわなかった？」

「知らん。三十一の子供時代とは、時代がちがう」

類は、私の髪を持ちあげたり、指で梳《す》いたりして、

「それよかさ……親爺、怒ってたみたい？」

少しは気になるのかしら？

「あたりまえでしょ。もう世話やかへんって。でも、スナックでも、きちんとつとめてればええって、いうてはった。そういえば類、まだ時間ええの？　今日は遅番なの？」

と私は、柱の上の黒い電気時計を仰いでいった。類は、夕方になると、こわいもののように、出ていくから。

「今日はええねん」

「また、ずる休み」

「あの店、つぶれた」

「うそ」

私はびっくりして、（そういう口実も、あるか）と思った。

「ほんとやから。これ、見てみ」

彼は大きく跳躍して、自分のコーナーにしている、突きあたりのひっこんだ隅の部屋から、何かを持ってきた。

三十センチほどの木の看板だった。上に吊《つ》り下げる金具がついている。彼は、横長に抱いて、得意そうに私にみせた。

「ね、ほら」

がっしりした木材に、彫りこんであるのは、「スナック『バロン』」という文字である。

「要らへん、っていうから貰《もろ》てきた！」

「うそ」

と私がいっても、類は、その「うそ」は「オー・ララ」という感嘆だと知っているから、こんどは「ほんとやから」とはいわず、

「ほら、見て、見て」

と、またバウンドして、自分のコーナーから、たくさんのマッチ、コップ敷きなんかをもってきた。

「ね。店じまいした」

「どうして、店がつぶれたの。類が、こんなもの持ってかえったからやないの?」

「いや、つぶれたんやないけど、こんどオーナー替ってレストランにしよんねん」

「そこのボーイになれば?」

「ぼくが⁉　おひるの、十時からレストランがはじまるのに!　ぼく十時にねたことあるけど、起きたことない」

類は、さっきの看板が気に入ってるらしくて、また胸に抱いてちょっとキスした。

「樫《かし》の木やで。これ」

裏を向けてみせると、そこには上品な字で、

「営業時間」

と書いてあった。

「ティータイム　AM十時―PM六時
スコッチタイム　PM六時―AM二時
英国直輸入スコッチウイスキー」

私も面白くなって、

「これ、ここへ吊《つる》しとこうよ」

と触ってみた。

「よっしゃ」

類はさっそく、柱に釘《くぎ》を打った。大家の思惑なんか知ったこっちゃなく、五寸釘を打つ。

私は、類が吊した看板を、見上げて読んでいた。

「一七六〇年以来スウェーデン王室御愛飲のスコッチウイスキー……」

居間の壁に吊すと、何だかどこかの店で坐ってるみたい。私はわざと声をひそめて、

「坐ったらテーブルチャージ要るってよ」

「そんなら、ぼくは立ってる」

と類も冗談をいい、私の椅子にもたれ、

「スウェーデン王室ご愛飲のスコッチ、二つ！　早くもってこい、ノロマのボーイめ」

と叫び、私は、よけいヨソの店みたいな気にさせるために、いそいで、手当りしだいのレコードをかけてステレオのヴォリュームをあげた。「ファンキー・モンキーベビー」だった。類は私を踊りにひっぱり出した。

つめたいコーラの栓をぬいて乾盃《かんぱい》。まったく、類といると遊びの気分がすぐ伝染《うつ》っちゃう。類の顔を見たときは、入江サンのために怒ってやろうと思ってたのに。

「なに。その、ダブダブのパンタロン」

と類は見咎め、私は、あっと思った。入江のを借りたままで、それはいいけど、私の濡れた服はそのまま、彼の車においてきた。

「デキブッに奢《おご》ってもらった。おひるごはん。それで、川へはまってボチャン、して濡れたから、服を貸してもらった」

「親爺に」

類はすぐ、わかったらしく、目を丸くしていう。デキブッといったら、身辺には親爺しかいないのをよく知ってる。

「なんでまた濡れたの？　パンツも貸してもろたの？」

「まさか。シャツとズボンだけ」

「うそ」

といいながら、類は、シャツとズボンのあいだから手を入れてきた。

「あー、ほんまや。こん野郎。レディが何ちゅうことする。下着ぐらい、オレのためにつけてくれ。『いつでも間に合う悦子さん』というようなことすんな」

と、類は、そこんとこを、何かの標語のようにいう。

「いつでも役に立つ入江類、ってね」

「男はええねん、裸でも手ェ振って心斎橋筋あるいたるわ、女がそういう恰好、すな、ちゆうねん、ほんまにイ。いやらしいなあ、なんでパンティまでぬぐ」

「だってびしょびしょに濡れたんやもん」

「濡れるようなこと、したの」

「川へ落ちた、というたでしょ」

　そこで私は、はじめから話してやった。

　デキブッ氏が二時間も、炎天のもとで類を待ってたこと、「逃げた」とわかったので、私をさそって、鮎茶屋へつれていってくれたこと。お昼ごはんと、私が川へ尻もちついて濡れたこと。着更えて、彼の車の中へ忘れてきたこと……。

　でも私には、伝えるすべはなかった、あの二、三時間の旅の楽しかったこと。やさしさ、とか、「個室の多い」家庭とかの意味。家庭で、入江がどういう生活を送っているのか、想像するときの、心の複雑な色合とか。それから、事故未遂だったけど、帰りの、突然横から出てきた車の、こわさなんか。

「ほんま、鼻のあたま、皮剝《む》けてる。日灼けして」

　類は私をじっと見つめていったが、

「あの車の中へ、下着までおいてきたの、へー。パンティは白やろな?」

　類は、色ものや柄ものを、私が使うのをきらう。

「車でつれ出しよったんか、悦ちゃんを。あのくそばか」

「くそばかとは何や、オノレの親爺を」

「おまけに服まで借りやがって、いやらしい、早よ脱げ！」

私が箪笥《たんす》のドアのかげで着更えていると類はぷうとむくれて、

「いやな感じ！」

とどなった。ほんとに、類にしたらそうとしかいいようないだろう。私はおかしかったが、すこし気の毒にもなった。類は、あけび蔓《つる》の籠（その中には爪切りや使い捨てライターや、ロックの野外ステージの写真や、パチンコの玉、キイのないキイホルダーなどがはいってる）の中へ、三、四十個ぐらいありそうな「バロン」のマッチを抛りこんでいた。

「だけど当分どうするの、類ちゃん」

と私は、裾の長いデニムのスカートをはきながら、声をはりあげた。

「当分、これだけあればいける」

「なんのこと？」

「マッチ」

「マッチのことなんか、誰もいうてない。働き口のこと！」

「いやな感じ。伯母さんみたいな声出すな」

類は鉄のベッドに坐って、所在なさそうにしてる――そうして、床のギターに向って、コップ敷きを輪投げのように投げたりして。

「しょうむない……あーあ」

なんて、つまらなそう。

どっちを向いても類のナマケモノぶり、ちゃらんぽらんぶりを怒り、非を鳴らす人々ばかりなのだから、類にしてみれば立つ瀬がないだろうけれど。でも、私だって、いいたくなっちゃう。類の、けろけろした顔をみてると。

でもまた、私は、類の、そういうところをおかしがってもいる。類が面白くなさそうなのをみると、いそいでご機嫌とってしまう。

「類ちゃん、晩ごはんここでたべようか、スナックごっこして」

なんていう。類は急に元気づいてテーブルに、白と赤の格子縞の布をひろげ、ローソク立てを持って来て、ナイフやフォークをおく。

椅子を横に並べて置いたりする。いつもは向いあって食べているんだけど。類は、横に並んでたべる方が好きだという。

「どうして」

「向いあってると、遠いから触られへん」

「へー」

「オレ、腕や腰、ぴったりつけるの、好き」

「シャム双生児みたいね」

「あれは切り離す手術をするけど、ぼくはくっつく手術をしたいな。どっちが簡単なのかな」

　類は冷蔵庫をあけ、

「晩ごはん何すんの」

「買いにいかないと何もないわ」

「そんならラーメンでええ。もっとおいしいものがあるからさ」

　私は、仕事をしなければならなかった。小さい、こまごました（私の好きな）美文や詩を書く仕事、それに、もう明後日あたりに出さないといけない少女小説があった。私は、久保アケミからヒロインを想像して、とても書きたい気がしていたが、いま、格子縞のテーブルクロスをとりのけて、木の肌をむきだしにした仕事机で、原稿用紙を弄《いじく》ったら、類はどんなにおもしろくない顔をするだろうと思うと、できなかった。

　それに暑いので、……なまけるには、いい口実だ！　母屋の風鈴も、そよとも鳴らない。

　車のはいらない、路地のこの道は、真空地帯みたいに静かなときがある。じっとしていても、汗がふき出しそう。

「お灸《きゅう》はいやアよ……」

　私は熱い類の呼吸《いき》が耳のうしろにくるので小さい声でそういった。類のなめらかな頸《くび》や肩にもこまかな汗の玉がふき出ている。琥珀《こはく》を焦がしたような肌にふき出ている、若い男の汗は清らかで綺麗だけれども。

「いやがる人には、よけいお灸をすえとうなるねん。これが僕の晩ごはん」

コポッと小さい範囲で、肌があつくなるのは、類が唇を窄《すぼ》めて、熱い呼吸を吐きつけるからである。

「いや、いや、暑い、寄らんといて」

「あほ、暴れたら、落ちるやないか」

それはほんとうで、このベッドはダブルではないので、すこし動くと、二人のうちのどれかの腕や脚が空《くう》に飛び出すのだった。

電話が鳴った。私はすっかり、ナマケモノになっていたから、仕事の電話ならもう出なくてもいい、と思ってるのに、類はまっぱだかで、電話にとびつく。

若い子って、電話が大好き。

電話が鳴ったら、必ず出るものだと思ってる。電話の奴隷である。

類の友人らしくて、話の内容では、競馬のことみたい。

電話がすむと、彼はクッションを二つ三つ重ねて、その上にかぶせ、音がひびかないようにして、またベッドへあがってきた。

「カーテン閉めれば?」

「覗《のぞ》く方がわるい」

若いわりに放胆で気ままな男である、類というのは。

野呂は、とても羞《は》ずかしがりやで、隣りの部屋や近所の人に気兼ねばっかりしていた。

そうして、誰か友達がいるとき、私が何か野呂にものいうと、目顔で叱り、あとで、

「デレデレするな」

と叱った。

それで以《もっ》て私は、彼の部屋で松ちゃんや、初対面の類と会ったとき、緊張していたのだった。あとで野呂に叱られはしないか、と思って。

そのくせ、野呂は、私とふたりきりになっても、どうしてもできなかった。不能なのではなくて、やりかたによく習熟していないのだった。彼はそれを私のせいにして、さんざんわるくちをいい、

「ああ、イダ・マサエはよかったなあ」

「オレ、イダ・マサエならすぐ、できたんだ……」

というのだった。

彼の仲間は、姓と名前をつづけてよぶくせがあった。私は一度も見たことはないが、イダ・マサエというのは、彼が働いている政党の事務所にいて、私たちの児童詩のグループの一人でもあった。

そもそも、いったい、私が、野呂となんで知り合ったかというと、私がはいっていた児童詩のグループに、彼らが合流してきたからである。

その後、グループは、あんまり政治色が濃くなりはじめて、たくさんの人が出てしまった。私もそのとき出たが、野呂とはつき合いをつづけていた。

つづけていても、そんな調子なので、ちっとも、うまく成功しなかった。野呂は私以上にじれじれしていただろうが、うまくいかないので、そのぶん、私に当り散らした。

私、いまの私だったら、うまくできたと思うんだけど、あの当時は、さっぱり経験不足だったから（未経験とはいわないけれど）こまって、悲しくなって泣いていた。

野呂は、ますます威丈高になって、いかにイダ・マサエがその道の巧者であるかを説き、ついでに彼女の政治的意識のたかさに言及し、また更に、彼が身を捧《ささ》げて忠勤をはげんでいる政党の宣伝をした。

保守党や革新党は全然ダメで、政権を執るのは、彼の属する中間政党しかない、と強調し、興奮して大声になるのだった。私は、はだかの大きな男が、夢中で政見発表をしているのを、こわごわ、蒲団のかげから見ていた。

そんなことというひまに、「うまく」やってくれればいいのに、と思ったが、野呂はちっとも、演説をやめないのだった。

私は、滑稽な気持になるのを本能的に抑えようとしていた。私は、野呂を愛していたから、彼を滑稽な男と思いたくなかった。私は男を尊敬したいタイプの女なので――。

そのくせ、野呂の着けてる下着が、貧しく汚ないのに気付いて、あわてて目を瞑《つむ》ったりした。

彼自身は、猛《たけ》りくるっているのに、どうやってもできないので、彼はしまいに、

「君はダメだ」

と嘲笑《ちょうしょう》した。

「オレ、処女みたいなんきらいだ。オレはプロが好きなんだ。ああ、イダ・マサエはやりやすかったなあ、あいつは男を知ってた。君はダメだ」

私はとうとう泣き出してしまった。私はきっとかたわなのかもしれない、と思って。

「どこへいけば、ちゃんとなるように教えてくれるかしら」

私は泣きながら訊《き》いた。

「何を」

「その、ちゃんと、できるように」

「それは、うまれつきだから、仕方がねえな」

野呂はおもおもしくいった。

それはもう、何年も昔のことだ。そのあとも、野呂とは何かかんか、縁をつないでいたけれど、ちゃんと出来たことはなかった。成功したことがなかったから、野呂に未練があ

ったのかもしれないし、彼がいつまでも、イダ・マサエを褒めるので、いつか、イダ・マサエのイメージを彼から奪って、そのあとぽっかりあいた空洞に、そのまま私をあてはめて塗りつぶすことができるだろうか、と考えていたのかもしれない。

そうして、野呂に愛情を感ずれば感ずるほど、貸した金のたかを、毎日、勘定していた。

彼のことが恋しくてたまらないのに、彼の肩にかかるフケや、ムクムクした垢《あか》ぶとりの体つきを、(も少し、なんとかならないのかなあ)

なんて考えていた。

それは、野呂が私の全世界だったからである。

そのあと、そこばくの時をおいて類とめぐりあうと、どうして野呂に惚《ほ》れたのか、さっぱりわからなかった。

でもいま、類と、こうやって、長々と手足をのばし(どこもかしこも、若い類は、すべすべして綺麗で細い)、類に、髪を指で梳かれていると、野呂のことがぱっとわかる。

野呂も、こまっただろうなあ、って。

男が下手なのを自覚するぐらい、いらいらすることはないだろうって。類は、野呂よりずっと若く、それに、手だれというのではないが、なんとなく、「直感が教えた」かしこさみたいなものがあった。アダムとイブが、しらずしらずに、

「どう⁉　これ」

「こうやったら?」

「こっちの方がいい……」

とひとつずつ、おぼえていくみたいに。

けれどもいま、また私は、「類がこうしたら悲しむから」とか、「こうすれば喜ぶから」というような気持で、類に向っている私を発見している。

類とのはじめのとき、私のしたいことは、類のしたいことだった。私が喜ぶことをすると、類も喜んでいた。

いや、類は、いまも、ぴったり合ってて、そうだと思ってる。

でも、私は、つぎの型にめぐりあってしまった。その世界では私の面白いこと、したいことを、そのままやって、もっと、ぴったり、いく気がする。

でも、それは、どうにもならない世界である。

いくらぴったりいったって。

彼は、類の父親なのだから。

「いやアン……」

と私は、ちいさい叫び声をあげた。

「じっとして。ほら」

と類は、幼稚園の子供を並ばせる先生のように叱った。

「ちょっと、たべる」

類がいうと「たべる」というコトバがとても可愛らしかった。彼の唇から洩れる言葉は、何でもないものが、とても、うるわしくなるのだった。類に「たべられて」いるあいだ、私は胸がどきどきして、ほとんど恐怖を感じていた。あの、いつもの、体がばらばらにほどけて金粉や銀粉と混ざり合って浮游《ふゆう》していくような物凄《すご》い痺《しび》れかたを、味わいたくなかったから。もし、そうなったら、きっと、類のイメージにだぶって、「彼」が出て来そうな感じがして。

でも、やっぱり、押し流されてしまった。私はこういうとき、いつも抵抗力が弱いのだ。

類の声で、ぼやけていたあたまが、ハッキリした。

「一七六〇年以来、スウェーデン王室御愛用の人」

類は坐りこんで、私の肩を上から抑え、とみこうみする恰好で、しげしげと見ていた。

私は、やっぱり類なのを、たしかめたのだけど、類は私のきもちなんか、全然知っていず、

「高級スコッチの味が、した！」

と笑って、するりと、横へ軀をすべりこませた。

11

類は、また、勤め先をさがしてきた。こんどは、ビルの三階の、小さなバーだという。

「どこにあるの?」

といっても、彼はいわない。

「すこしのあいだ、金は入れられへんなあ。少ないもの、貰う金。ごめん」

「いいわ……そんなこと」

今までだって、雀の涙ほどだけど、私はそれをいうつもりは、みじんもなかった。私は、類が、「金は入れられない」という一言をいっただけで、気のすむ所がある。口先だけにしても、私にはそれが、人間の可愛げみたいに思える。銀行へいって気付いたのだが、私は、多からぬ貯えをかなり費《つか》いこんでいた。

でもまあ、何とかなるだろう。

私、あんまりお金に執着しない。つまらないことに費消すると惜しいと思うけど、類に使うのは面白いもの。

しかし、類の親にしてみれば気になるとみえて、しばらくしてから、電話があった。

「このごろ、類はこっちへ少しも帰りませんが」

と入江はいった。

私は、入江の声を聞くだけでもうれしかった。私は弾んでいった。

「また、お店へつとめてますから」

「店って。また夜の商売」

「ハイ。何だか芦屋《あしや》あたりのバーの感じ」

「やっぱり夜の男ですなあ。それはそうとこの間、お金のタカを聞いて、そのままになっててすみません。帰りしな、お払いするのわすれた」

「なんのお金」

「あんたも気前がええな。類に立替えてくれたお金、お送りしますから住所いうて下さい」

「それはよろしいんですけど。——服をお借りしたままなので……それに、あたしの服も忘れてそのままになってって」

「ああ、あれは、ウチの家政婦に洗濯させといた」

私は、ビキニまで脱いでいたことを思い出して、電話でひとり赧《あか》くなった。私は思いきって、

「お借りしたのもクリーニングしてますから、持っていきます。お目にかかりたいのですけど」

といった。

「今日?」

入江はビックリしたようにきく。

「だめ?」

「いや、すこしおそくなりますが、そしたら、帰り道、駅の所で待ってますワ。あんたの家のあたりは、車が駐《と》められへんので——」

「じゃ、駅へいきます。ああうれしいな」

なんでそんな言葉が出たのか、あとあと考えても分らなかった。

「いや、ほんま」

と彼も、ぐっと柔らかい、たのしそうな声音になった。彼は急に思いついたに違いない。

「では、またメシでも食いますか」

「ハイ、ハイ!」

と私は飛び上らんばかりだった。

彼は八時すぎといった。大阪の会社を終ってからだと、そういう時間になるのだった。

「ああ、これは楽しみになりましたなあ、八時まで浮かれてしまうなあ」

類の親爺サンって、とても調子を合わせるのうまいみたい。年の功というのかしら。

「いや、本心ですよ」

本心だったらよけい嬉しいな。

「あたしに会うの、そんなに楽しみ?」

「喜ばせ甲斐《がい》のある人ですからな」

「たんと喜ばせて頂戴」

「類に叱られへんか」

なんて、冗談いうのもいい気分だった。八時すぎまで四時間ばかりあった。私は思いついて、駅前の美容院へいった。

よくクーラーが利いていて、客はほとんどなかった。私は長い髪に、ゆるくパーマをあてるので、あんまり来ないのだけれど、ここの店の女の子で、少女小説愛好者がいて、私のことを知っていたから、親切にしてくれるのだった。

「沢先生、パーマですか?」

私はここではペンネームで呼ばれる。

「パーマやないのよ、今日は……」

私は笑いながらいった。

「パサッとやりたいの」

「カット?」

女の子は私を坐らせ、鏡を見て、ほほえんだ。

「すこしのびましたね」

のびました、の段じゃないのだ。私は手を耳のところに当てた。

「ここ。ここでカットして」

女の子は坊主にして、といわれたように目をみはった。

「ショートに？　もったいないわ。せっかく、ここまで伸びたのに」

「急に暑うなったの」

「あら、もうすぐ、夏は終りますのに」

「何でもええから、カットして」

「そうですか。どうしてかな。わたし、沢先生の髪、きれいから好きなんですのにね」

彼女はためいきをついて、白いエプロンドレスのポケットから櫛《くし》を出して梳いた。

「裁ち鋏《たちばさみ》持ってきてね」

私は浮かれていた。

「これで、かつらをお作りになれば？」

女の子はまだ未練らしくいっていた。

「とんでもない。すぐまた、伸びるわよ」

ほんとうに、パサッと髪が落ちる。肩に掛って滝のように流れる。

すっかり短くなると、女の子は、

「あれ。沢先生、若返りはって、五つ六つ若いみたい」

とびっくりして鏡を見た。

ざまあみろ。

「こうやと思ったわ」

私はニンマリした。私は、ずうっと昔、ショートにしていたので、顔のだいたいの方角、というか、どういう感じになるかはわかっていた。

いっぺんに頸《くび》筋が軽く、涼しくなった。若返ったのではなくて、精神年齢相応になったのだった。もう類に、「バカな三十一め」などといわせないのだから。

髪型ひとつで世の中がひっくり返るって、女に生れてよかった！　まるでこの世の中へいまはじめて生れてきたみたい。

私はなんべんも、あたまに手をやった。通りすがりにウインドーをのぞいて、自分をうつしてみた。短くすると、あたまの恰好がハッキリわかった。

家へ帰ってからたいへんだった。あたまに合わせた服をえらぶのが。私の外出着は、今まで髪が長いのでわりにドレッシイだったから、何を見ても気に入らない感じ、しかたないので、綿シャツに、真ッ赤な木綿のパンタロンにきめた。シャツは、ほんとうは類の下着で、丸首シャツなのだが、ピンクの色がきれいなので、私が貰って、着ているのだ。

ベッドの上に出しておいて、シャワーをあびた。

真紅のパンタロンをはくんだから、下につけるビキニパンティも、赤でなくちゃ。

類が見たら、びっくりするだろうなあ。

そのとき、お馴染《なじ》みのネズミが走っていったので、私は、

「キャー」

といった。それから、

「類にいいつけたらあかんよ！」

とネズミにいって、赤いビキニをはいた。

何だか心がひきしまっていいのだ。

白いパンティなんか穿《は》いてると、淫蕩《いんとう》な感じがして、しかたないんですがねえ。類は、

「レディの下着は白や！」とぬかすが、私は、白はみだらな気がする。尤《もっと》も、レディがみだらなものなら、それはふさわしいのだが。

白、というのは、黄色人種が身につけた場合、よく目立ってしかたないので。

赤色を身につけてきりりとする、というのは、男の人の赤ふんどしみたいなものかなあ、と私は考えていた。

類はいつも終電で帰ってくるので、それまでに戻ればいい。私は煙草をふかしながら、トランプを繰って、ひとり占いをした。でもこまかいことは忘れているので、いつも大ざ

っぱな占いしか出来ない。そうして、たまに悪いのが（スペードが）出ても、私は強いて、「でもハートで相殺される」などと、こじつけてしまう。

だから私のトランプ占いに凶は出ない。類の話では、友だちの一人が、いつか、何べん切っても切っても、同じ札が並んだことがあった、といっていた。その男は、半年ぐらいして、単車に乗ってて子供をはねたそうである。

私は、クラブを類にして、ハートを入江にして、なんべんも占ってみた。つまり、どっちの方が、私とは相性がいいか、というのである。

（そんなこと占ったって、どうしようもないのに）

それに、好き、という言葉には、幾通りもの意味があった。

12

入江は車の中にいて、窓をあけて片腕を外へ垂れていた。私の方が遅かった。

「遠い所からきた人の方が早いのね」

と私はいった。

「海軍上りですから、時間正確だけが取り得でしてねえ」

入江は、私を車の中へ入れてから、

「あれエ」

なんて私を見る。とっても愛嬌《あいきょう》よく、にっこりする。

「前も、髪、みじかかった？」

「いいえ。今日、切ってしもた」

「そうやろうと思った――」

入江はじっと私を見て、やさしく、

「よう似合います」

「これで、一つ、喜ばせてもらった！」

と私は大喜びだった。

「まだまだ、こんなことではおまへんよ」

入江がいうと、わくわくする。女は貪欲《どんよく》なものだから、いつでもホメられたり、讃美《さんび》されたり、したいのだった。

「では、まあ、ぼつぼつ、いきますか」

入江は車を出した。私はふいに、このまま遠くへ旅行するというのだったら、面白いのにな、と思った。

どうしてそんなことを考えたのか、わからなかった。私は類といて、毎日面白かったし、私の仕事も愛していた。毎月一回、締切のとき泣きながら書いて笑われる連載小説や、「侏儒《こびと》フランクフールの唄」のつづきを考えること、若い女性むけの雑誌の巻頭の、はかなげな詩だとか、思いつきのコトバとか（私のような人間でも、忘れずに仕事をくれる人はあった）、そんなものが大好きだった。だから、毎日に不足はなかった。贅沢《ぜいたく》さえしなければ類と暮せるぐらいの、お金は取れたし……。

それなのに、急に、「入江と旅したら」なんて夢想している自分におどろく。どういうことや、これは。

でも、すぐ、わかった。

私と同じくらいに（あるいはそれ以上に）入江がよろこんでいたからである。

女は貪欲なので、いやが上にも、たのしいことをふやしたいからである。

「思いがけず、会えるという所がよろしいですな。通り魔みたいな幸せ」

と彼はいった。

「ほかに楽しみ、ないみたい」

私は笑った。

「何かあるのかなあ。こんなことのほかに……。あんたは何をしても喜んでくれるし、嬉しがってくれるし。私は最近、率直にうれしがる人間、というのを見んようになって久しいから」

入江はそういって、車を国道へ乗り入れ、

「どこへいこうかな」

と浮々した調子だった。それは私に、捉《とら》われない人間の心、みたいなものを感じさせた。

自分が浮かれていることを他人に悟られて平気な人、というのは強い、捉われない人である。

「静かなところ？　にぎやかなところ？」

「にぎやかなところ」

私は即座にいった。人目を忍ぶ仲ではなし、四畳半なんかで差し向いになったら、どっち向いていいか困るように思った。私は、入江のような年輩の男が「静かなところ」といったのは、きっと、離れの四畳半みたいなところを指すのだろう、という先入観があった。でも、何だかテレビドラマの見すぎ、と笑われそうなので、それはいわないでおいた。

「では、山の上へ登りますか。山頂ホテルの庭で、炭火で肉を焼いている所があるから。提燈《ちょうちん》がいくつも下がっていて、華やかで涼しい」

「あッ、そこがいいわ、うれしいな」

と私はまた、いった。

「今日は類の話はやめ」

入江は先手を打っていった。

「せっかくのデイトに、気まずい思いをすることはないと思いますな」

私はデイトという言葉がうれしかったが、

「類の話は気まずい?」

「昨日・今日、のことやないから。七、八年、腹を立てさせられつづけてるとね。実をいうと、かなり前にもう、精神的に切ってしもたから。私は、切っても切れぬ親子の絆《きずな》、なんてことを信じない一人ですよ。絆、というのはふしぎに、子供の方が信じてるので、親はそう思うとらへんのやから」

入江は笑ったが、それは、陰惨な、嘲笑ではなくて、男らしい乾いた笑いだった。

「子供がきいたらビックリするでしょうね」

「子供の方が甘いからね。切ったとなると親は強うて冷たいものですが、子供はそれを理解せんでしょう。まして、世間に理解させるのは、むつかしい」

「革命的ですもの」

私は、それがいいとも悪いとも、いえなかった。どっちみち、私に関係ないんだし。

——ただ想像できるのは、入江がそれほど、類に対して根深い不信と反撥(憎悪、といってもいい)をもっているということは、それだけ、入江が類に対して、期待したり夢をかけたり、また愛を注いだりしたあげく、裏切られかたが、ひどかったのだろうということとだった。

　また、そこまでこじれるまでに、誰かが中に立っていればよかったのかもしれない、と思った。

　それをするのが、母親かもしれない——母親のない家庭では潤滑油がなくて軋《きし》むのかなあ、なんて考えてた。でも、私は、人のはなしに注釈を入れたり批評したりするのはいやなので、だまっていた。

　そして、入江も気の毒だけれど、親に「切られて」（というのは、絆を断たれてということだろう）、「それを信じてない」（もしくは、まだそれに気付かない）類が、可哀そうになった。類は、親爺を嫌いながら、心中、親爺をたよっているのである。

　定職、定住がきらい、というのも、親爺の家へいけば個室があってもぐりこめ、羽の下にこそこそとあたたまれるから、そんなことといって威張っていられるのだ。

　それは私には、とても可哀そうな、感覚で捉えられるのだった。何にも知らずに、と。

「でもあたし。類、好き」

と私は小さい声で抗議するようにいった。

　入江はふんといって、

「蓼《たで》食う虫も好き好き、ですよ。そう言ってもらえると親の身としてはうれしいが、どこにいいとこがあるのか分らんね。親子のつながりは血ではなくて、気持、性格の相性ですよ」

それで、類に関する会話は打ちきりになった。「革命的親子論者」と、「喜ばせられたがり」は、車が山頂へ導かれるたびに、

「おお」

とか、

「あー」

といった。崖《がけ》のまわり道ごとに、眼下の街の灯がきらめいて美しかったから。

私は、この山へ昼間登ったことはあった、ケーブルカーが動いている時刻に。でも山腹を縫うドライブウェイを、夜あがるのははじめてだった。

でも、だんだん頂上ちかく登りつめると、街の灯はガスにまたたいて、かすかになった。

「夏は、夜景の見えない方が多い」

と、入江はがっかりしている私にいった。

「もっとてっぺんに登ったらどうなるの?」

「よけいガスが深《ふこ》うなる。下界は白いだけ」

その代り、寒いくらい涼しくなった。ホテルも霧に巻かれていたが、ホテルの庭には人影がたくさんあって、提燈が、入江のいったように連ねられて風に躍っていた。そうし

て、炭火の火照《ほて》りや、白い煙、談笑する人々で、そこだけ暗い山中から浮き上ったように賑やかだった。咲きおくれのあじさいが、ぼてぼてと、垣根につづき、芝は露に濡れて靴を濡らした。

入口には、篝火《かがりび》までたいてあって、さかんに火の粉を爆《は》ぜあげていた。肉の焼けるいい匂いや、脂が鉄のジンギスカン鍋《なべ》に落ちて、じゅう！　という音、なんかで、私は食欲をそそられた。庭からの夜景はやっぱりガスでみえなかったけれど、端っこの卓へ席をとってもらった。

夜空に星はなくて、真ッ暗だった。寒い、寒い、とおどかされて、私は、

「寒うなったら、また、シャツを借りるわ」

といっていたけど、あんがいそうでもなかった。

「いつもよりは少し暑いね。ここ、普通ならそんな半袖ではいられませんよ。これでも千メートル近い山やから。——台風が近いからすこし蒸すのやろうなあ」

入江はいった。

ボーイたちが露の芝を踏んでゆき交い、テーブルはつぎつぎと替って、みんなさかんな食欲で、食べたり飲んだり、していた。

「すこし夏痩《や》せしてるみたいやなあ。うんと食べなさい」

入江は、私にそういって、焼けた肉を箸《はし》でつまんで、私の方へまわした。私は、類とい

った町の店で、焼肉をたべたことがあるけれど、夜空の下で篝火をたいて、こんな大きな鉄板で盛大に焼くのははじめて。

「あんたは、ハイハイというのも珍しいけど、息もつかせず、美味《うま》そうに食うのも珍しいねえ。えらいえらい」

とまた、入江にほめられた。でもこれは、いいのか、悪いのか。

「私は、メシを美味そうに食う人間が好きです。小鳥みたいに少食の人は困りますな」

「慰めて頂いてありがとう。でも、ほんとうに、あたし、食べる方ね」

私は、服や宝石に大金を投じたいとは、ついぞ思わなかった。それより、旅行とか、たべるもの、見るもの、本なんかにお金をつかう方だった。

「本はともかく、たいてい、消えてしまうものにお金、つかうわ。それで、あとかたないの――消えたあと。お金どこへ使ったか、わからない」

「ああ。それが最高」

類だったら、デキブツというところだろう。

「あんたは若いのに、ちゃんとした生き方を心得てる」

「いつも母や兄に、あとへ残るものを買え、と叱られるの。マンションを買っておけ！とか土地を買え！　とか。まとまったものを持っていれば老後が安全だって」

「それはまあ、アリとキリギリスの譬《たと》えもあるし、たいせつなことですが、しかし、あとかたもなく、消えることに金を使うのは、ふつうの人間に出来ることやないんでね」

と二人で笑った。入江はおもい出したらしくて、かくしから財布を取り出し、

「忘れてしまわん内に、はい」

と紙きれをくれた。

小切手で、金額のところは書いてなかった。

「あんた、類のくそばかに、だいぶ金を費ったでしょう?」

私は思わず笑い出した。類が親爺のことをくそばかと呼び、入江も息子のことをくそばかと呼んでて、偶然の一致とはいえ、私にはおかしかった。

入江は、別の意味で笑っていた。

「いや、あとかたもなく消える金、というのでふいに類のことを思い出した——」

二人とも笑わずにいられなかった。おかしくて。類は全く、あとかたもない泡《あわ》のような存在に思われる。私には、可愛い泡だけれど。

私はビールのコップを片手でつかみながら小切手をみていた。

「これ、どうしてお金が書いてないの?」

「お好きな数字を入れて下さい。どうせあんたが、何もかも出してるんでしょ」

「こんなことしたら、あたしを通じて類を援助したことになるわ」

「くそばかは援助しとうないけど、あんたに迷惑かけるには忍びない」

私は、入江がなんか、かんか、いいながら類に気遣いしているのがわかった。ほんとうに類がきらいで憎らしいのなら、私に類を押しつけて、タッチしないはずだった。

「これ、いいわ」

と返したら、

「いや、男が出したもんはまた、ひっこめられへん。ではこの間の、立替え分だけでも書いときなさい」

と入江はいった。

「ただし、類に見せたらあかんよ。あいつ、それ握って走っていって車買うよ」

私は、小切手をハンドバッグにしまった。

ホテルのラウンジでコーヒーを飲んだ。夏休みのことなので、まるで林間学校みたいに子供たちがたくさんいた。みると、何だか、子供の団体旅行みたいだった。引率の先生がロビイに並ばせ、点呼をして、訓示を与えている。

子供たちは、年にしては静粛なたたずまいで、ぞろぞろとエレベーターに吸いこまれて上の客室へあがっていった。聞いていると、進学塾の夏期講習らしかった。

「おそろしい。山のホテルで合宿して猛勉強なんて。なんぼやっても、いまに類みたいになるのです。親はそれ知らんから。ハハハ」

帰りの車の中もたのしかった。

「入江サンは何がたのしみで生きてるの?」

「こうやって、たまに可愛げのある人と一、二時間、話すこと」

私は何だか満足のためいきをついて、

「では、あたしに会う前は」

「何かな。ゴルフでしょうなあ」

「それだけ?」

「それだけ」

「仕事は?」

「タオルや靴下売るのは、趣味や道楽では売れまへんよ。使命感で売るのですヮ」

それもよかった。

私、だんだん、入江が好きになる。私はいつか類に聞いた、京都の女流画家と別居結婚してる、という噂をたしかめたくて、たまらなかった。でも、やっぱりいえなくて、

「女のひとは?」

「女は、義務感でつきあいますな。われわれ男から、使命感と義務感を引いたら、なんにものこりませんよ」

「たのしみの中にはいらへん?」

「はいらんですなあ。もしあんたが女やとしたら、女イコールたのしみ、というのは、あ

んたがはじめてです」

「アハハハ……」

ずいぶん、喜ばせてもらったわけだった。

下界に近づくにつれて、ガスが消え薄れて、明るい強い輝きの街の灯がきらめきはじめた。崖をまわった所なんか、すごい灯の海だった。

「とめて、とめて！」

と叫ぶと、入江はおどろいて停め、バックして、松の木の生えている空地へ入れてくれた。窓ガラスをあけるだけでは物足らなくて私は外へ出て、何となく（何となく、っていうのが、私、多いんだけど）大よろこびで、

「バンザーイ！」

と両手を挙げていってしまった。こんな美しいものが、この世の中にあるかしら、と思って。真ッ暗な山の稜線《りょうせん》で片側は区切られているが、灯の塊はぎらぎら光って海までなだれおち、くだかれこぼれていた。たえずチカチカ光って、暗い山と海の涙のようだった。

私はあんまり美しいので、いらいらした。

「あとかたもなく」消えるたのしみの、最上のものみたいだった。

車へ戻ってくると、入江は煙草を吸い終ったところだった。体をななめにして、私が入

るのを、じっとみていた。

「……あの灯の海に酔うたわ……」

と私は満足して坐りこんだ。

坐りこむ、という姿勢は、人の、いちばんゆだんしているときだ。そこを突くと、まったく、虚をつかれた、という感じで、無防禦《むぼうぎょ》である。入江は私のあたまのうしろへ大きな手をおし当てて、ぐっとひきよせて（それはまるで、テーブルの上の、塩入れや胡椒《こしょう》入れを引き寄せるみたいな、遠慮会釈のない手つき）、頸《くび》筋まで押えこむと、ちょっと、かるく私の唇にキスした。そうしていうことが、

「あとかたもなく消える。こういうことも」

なあんて。

私はそれから黙り通しだった。入江は車を走らせながら私を横目でみて、

「どうしました？　なに怒ってる」

どうしました、もないよッ！　とどなりたいところだった。あとかたもなく、消えるもんですか。

「やれやれ。こわいふくれっつらをしてるなあ。せっかくたくさん喜ばせてあげたのに、最後の一発で、おじゃんでしたか」

「下品な人！」

「どういえば気に入る」

「………」

一発というからには、私は、もっと心をこめたキスがしてほしかったのに。

13

二日間、私はポウとなって暮した。類は店へ泊ってるのか、家へ帰ってるのか、二日、顔を見せない。

ラジオやテレビが台風情報を流している。私は、罐詰《かんづめ》や食料品をすこし買いこんでおこうと思って、吹き降りの烈しい町の中へ出た。

ずぶぬれになって、籠いっぱいに買物をして帰ってみると、門がばたんばたん、と開いていた。風はつよくなっていた。

台風が来るのは夕方からだというのに、母屋はもうはや、ヒシと雨戸をたてまわして、用心堅固で、すべてぬかりなくそつなく、手廻しよい。家の中に類がいた。類は私に、じーっと視線をつけていた。

「あ、帰ってたの? よかった。その窓のところ、あとで雨戸しめといてね。ガタビシして固いの……それから、お風呂場の窓もみて……。類が帰らなければ大家さんに頼もうと思ってたけど、どうせ向うも男手ないし」

と私はしゃべりながら、冷蔵庫の中にたべものを入れていた。

「悦ちゃん」

という類の声がヘンなのでふりむくと、類は、部屋のまん中に突立っていた。

「そのあたま、何?」

「あっ、これ。思いきってカットした」

「なんでそんなん、すんねん。オレ、髪の長い方が好きやのに」

「急に、そうしとうなったもん」

女にとって、「したくなったから」というのは、どうしようもない最大最強の理由である。髪型が変ると男が替る、と私の知ってる女の子はいうけれど。

「まア、それはええとせんかい」

類は、不機嫌に唇をひきしめていた。

「これ何?」

と見せるのは、入江にもらった小切手である。私のハンドバッグに入れたままだった。

「いつ貰《もろ》た?」

私はだまっていた。

「日付は二日前ですな。あいつに会《お》うたの。ここへ来たの? いつも貰てんの?」

「何よ、そんなつんけんしたいい方、しなくてもいいでしょ！」

と私はいい返した。

「いつも貰うわけがないでしょ。お金なんか。それは、類ちゃんのレンタカーのぶんよ」

「なんでコソコソ会うの？　あいつまた、オレには車も貸しやがらへんくせに、女は借りていくのか」

「バカ。類なんか、目嚙《か》んで鼻嚙んで死んでしまえ！」

私は類にトマトを丸ごと一個なげつけて、外へ出た。

「まてよ。おい……」

類は私を追ってきた。傘なんか、さしていられない吹き降りで、あたまから、すぐ、ずぶぬれになった。

「帰れ」

類は私の肘《ひじ》をつかんで引き戻そうとする。類のシャツも雨にぬれて、ぴったり肌にくっついていた。顔中、雫《しずく》だらけで、それは涙みたいにもみえるが、類は怒っていた。

「帰れよ……」

私はあまり走ったので息が切れ、海から上った人のように濡れねずみだった。

苦しくなって走るのをやめたので、類にひきずられた。

類は私を家までひきずって帰ってくると、椅子の背に掛った真ッ白いバスタオルを投げた。

私は、タオルで、濡れた髪を拭いて、濡れたブラウスを着更えた。窓を閉めきっているので、おそろしくむし暑かったが、ひどい吹き降りだから、開けるわけにいかない。

まだ昼間なのに、あたりはもう夕方みたいに暗い。

虚空を、物凄い風の吹き渡ってゆくのが聞える。

雨戸をしめてないので、窓ガラスが悲鳴のようにガタガタ震えた。遠く母屋の方で、何かが吹き飛ばされたらしい、がらんごろん、と転がる音がしていた。

類は、濡れたシャツをぬぎすてて、上半身はだかのまま、部屋をよこ切り冷蔵庫の冷たいビールを抜いていた。

「オレの知らんときにあいつに会《お》うたん、何べんや」

と類はとびきり不機嫌な、つっかかるような調子でいった。

そんな言い方でいわれたので私も、いつものように「まじめにやれ、くそばか」とか「だまれ、撲《は》っ倒すぞ」というような、ふざけ言葉であそべない。

類のほうも、いまの感じでは、

「デンキ」

と甘ったれられないのと同じ。

そして私は思った、おふざけもユーモアも洒落《しゃれ》も、とても気力充溢《じゅういつ》して、いわば「生活の腕力」とでもいうものの強いときでなくちゃ、出ないもんなんだ、ってこと。

私は、ここ一日二日、ポウとしてて、精神が不安定だし、そこへもってきて類が、〈あいつはオレには車も貸しやがらへんくせに、女は借りていく〉といった言葉にショックを受けていた。

ほんとは、そのとき、冗談にとってしまって、〈じゃ、類が親爺さんから、あたしの貸し料とればいいじゃない。それで、車借りればちょうど引き合うよ〉なんていえば、笑いごとですんだのだ。

それなのに、私はカッカときてしまったから、だんだん、類がヘンな顔になり、そうして、ヘンな気分で、つまりひとことでいうと、この場の収拾がつかなくなってしまったのである。

類は、細長い脚を組んで、雲行きの険悪な顔で、ビールをぐんぐんあおっている。

「ここへ来たんか、あいつ。あのくそったれ」

「来ないよ。こないだは、借りた服を返しにいったんやないの！」

「なんでそんなん、せんならん！　そんなもん、ドブへ放下《ほか》してしもたらええやないか！」

なんて、酔ったせいか、ゴロまいて荒れてる感じ。

私はちょっと、類に目を瞠《みは》った。

こんなに荒っぽい類を見たことはない。何か、外でいやなことでもあったのかもしれない。痴漢ごっこでふざけるのが好きな、やさしい類とは、まったく肌合がちがう。親爺さんのことで怒ってるだけでは、ないみたい。

「何《なん》か、あったの?」

「うるさい!」

なんて。

二本めのビールを取りにいく途中、床に置いた、あけび蔓《つる》の籠が足に触ったものだから、類は思いきり蹴《け》とばした。なかの小物が——爪切りや、マッチや、パチンコの玉などが痛快に部屋中に飛んだ。私はそういう粗野な動作になれていないので、自分が何も悪いことはしてない、という気があるのに、びくびくした。

「いったい、どこで、何を話しててん、二人きりで!」

類は音をたてて、ビールのグラスを置いた。

私はなるったけ離れて、鏡台の前の椅子に坐り、ヘアブラシを手にとって、

「何を話せばええのん? 山のてっぺんで、ご飯を奢《おご》ってもらっただけよ」

「そんなもん、一ぺん会《お》うたら、すむことやないか。なんで、二へんも三べんも、メシ食わんならんねん。それに、あいつ、オレには一文もくれへんくせに、なんで悦ちゃんにこんなもん出すねん。おかしい!」

類は、テーブルの上の小切手を指して、吠えた。

「もしかして、悦ちゃん、あいつと気が合《お》うたん、ちゃうか。そんで、何べんも会いにいくのんとちがうのか。この小切手、どういう意味や。まさかあいつ、あのくそばか、悦ちゃんにけったいなこと、せえへんかったやろな！」

「それこそ、けったいやわ」

と私は呟《つぶや》いた。

「あの人はデキブツよ、それだけ」

「そんなん、いうとこが怪しやないか！」

と類はいやにからむ。もしかしたら、私の、入江に対する気持を、類は何となく洞察しているのかもしれない。洞察能力というのは、ぐうたらで行動能力のない人に限って強いことが多いんだもの。

「いうとくけど、何もないわ、デキブツとは。ヘンな誤解せんといて」

私は、話を打ちきるように立ち上った。類のイライラにつき合わされてると、こちらまで精神状態がおかしくなりそう。しかし類は酔っぱらってしまっていた。

「体でなくても、心でやってるかもしれへん！」

私はキチンへはいろうとして、じっとしたまま。

まさに一言もなし。

そんなとき、私は、例の、神サマが類の口を藉《か》りていわせたような気分になるのである。

「いやな感じ！」

と類はどなり、その声の調子がへんだと思ったら、頬をテーブルにつけて、泣いてるのだった。

私はビックリした。

類の甘えてるのはみたことがあるけど、泣いてるのなんか、はじめてみたから。いや類だけではなくて、二十三にもなる男の子が泣いてる図なんて、はじめてだった。

「類ちゃん」

私はコワゴワ、そばへ寄って、類の髪に触れた。

「どうしたん？」

類は、必死に涙をおさめようとしているらしくて、咽喉《のど》を鳴らしていた。

「泣き上戸……」

私は類の頸《くび》すじに「デンキ」といいながら手を当てたが、何だか私まで物悲しくなってきた。

トイレや、お風呂上りのコーラを飲みたいと思うときが、いつも類と同じなのと一緒で、彼の悲しい気分が伝染《うつ》ったのかもしれなかった。

「ぼくは、もう悦ちゃんしか、居《お》らへんねん……」

類はけんめいに、嗚咽《おえつ》をおさえて平静に話そうとしているらしかったが、涙や洟《はな》で顔は汚れていた。

私は、そっと、タオルを彼に渡した。

「悦ちゃんだけが、僕の味方や……僕の、最後の味方や。悦ちゃんとこしか、僕の帰るとこ、あれへんねん……」

「わかってるわ」

私は、涙が出てしまって、こまった。

類がとても、かわいそうになってしまった。

類は、本音を吐いてるように思われた。それよりも、類が、自分で、自分のニセモノかげんを知ってることが、とてもかわいそうでたまらなかった。ちゃらんぽらんの類を、誰も相手にせず、類の逃げこむところは私のところしかないのだ、ということを自分で知ってる、その索莫《さくばく》とした気持を想像すると、私は、類をなぐさめてやりたくてたまらなかった。

「親爺は昔から、何もしてくれへんかった……あいつは、自分の人生が一ばん大事なだけで……それでも僕、どんなに親爺に可愛がられたかったか、わからへん。小さいときは、親爺、好きやってん……大好きやってん」

類はまた、涙で声が上ずってとぎれた。

私は、あんまり泣いてる類をみつめてはいけないような気がして、突っ立ったまま、類の頸に、そっと手を当てていた。類は、泣きじゃくるといった方がいいほど、涙いっぱいだった。

「ほんまいうたら、親爺にかまわれとうて悪いことばっかり、してた気もする……そんなん、ちっとも分ってくれへん。僕を憎んでるだけや。僕の気持なんか、ちっともわかってくれへん……」

私は、すこうし、ほんのすこうし、心の底で考えた、（二十三にもなって、『父恋鳥』、『父子草《ちちこ》』というのは、ふしぎだなあ）って。

父恋鳥や、父子草、というのは、私なら、少女小説の題にこうもつけるだろう、と思われたからである。

類は、私の手をやにわに捉え、びしょびしょの涙に濡れた頬に押しつけた。

「僕にやさしイにしてくれるのん、もう悦ちゃんだけや、悦ちゃんだけしか残ってへんねん……それ、わかってくれよ。親爺なんかと、仲良うならんといて……」

「もちろんやないの」

私は涙ぐんで、あわてていった。私は、類はうそつきだけれども、父親に対する気持は、いまの告白の十分の一くらいは本当だろうと思った。類は類で、苦しんできたかもしれない。

入江が、革命的な親子論者になったように、類も、あれこれ悩んで、そしていまだに迷いがふっきれず、甘えと期待、反撥と憎悪を綯《な》いまぜにしながら、ほそい絆を、父親に結ぼうとしているのかもしれない。

「わかってるわ、類の気持」

私は類の髪を指に捲《ま》きつけて、やさしくいった。

類が、とても、いい人間のように思われた、小マメにうごく類の仕事ぶり——まあそれは、世の中へ出て働くのはともかくだけど……家の中でだったら、窓をあけたり、棚を吊《つ》ったり、釘を打ったり……ヒューズがとんだときもすぐ修繕してくれるし、汚れた皿を片づけるときも一緒に流し元に立ってくれる、そんな、こまごました、気の利くたちまわり。

やさしみ。ベッドの上だけでなく、朝々の、

「コーヒー」

と呼ぶ甘ったれかげん、とか。素直な、育ちのいい息子のやさしさが、隠しきれず匂う、日常の中のしぐさのかずかず。

そんなものや、甘ったれる人間を持っている、女のたのしみ、などが私には思い出された。

類には、だいいち、肚黒《はら》いところがないのが、私にはいちばんよくわかるのだ。

「あたし、類の味方よ……いつも、味方よ」

私はためいきのようにいった。

類は、涙の顔をあげて、じっと小切手をみていた。

それをつまみあげて、じっと見た。

私は何となく、それを取り戻したくなった。

もしかしたら、それは、私の、ある予感だったかもしれない。

「こんなもん、貰うなよ、破ってしまえよ」

と、類はいった。

「ええ、破るわ。こっちへかして」

私は手をのばした。

でも彼は、まだ、眼から……睫毛《まつげ》の長い、大きな、綺麗な黒い眼から涙をこぼしていたので、私の手は遠慮ぶかく、宙で、うろうろしていた。

「こんなもん、悦ちゃんやったら、親切にして、僕には、こんなん、してくれへん。僕は、やさしい言葉を親爺にかけてもろた記憶なんか、ひとつもない」

類が、そういうと、まるで私は、それが私の責任のようにうなだれてしまう。

類の「父恋鳥」趣味には、手も足も出なくなり、ふと心を動かされて、かわいそうになってしまう。

「あいつは、きたないぜ、金に。しちぶん（ケチ）なんや、それがなんで、こんなことする。ほんとに何もないの?」

「ないわよ」

「うそ」

類は、私を見た。この「うそ」は「嘘つけ」の「うそ」である。

私は、怯《ひる》んだが、でも、手を延ばして、小切手を奪いとろうとした。

「ほんとよ。それ、破るわ、だからこっちに頂戴」

「何もなければ、小切手なんか、くれるはずない!」

類は、小切手を自分の掌《て》の中に収めて叫んだ。類は嫉《や》いてるんだな、と私は思った。結局、それがいいたかったのかもしれない。

カンのいい男なので、何か匂ったのかもしれない。類の眼は邪悪に光った。

「こんなもん、貰うな! あのくそばかから、もう一文も貰わんぞ、ぼくも!」

ごりっぱなことだ、そこはもう聞いた。私は、今ははっきり、類に小切手を握ってられるのが心配になってきた。

「あの……あたし、破るなり、返すなり、するから、それ頂戴」

「返す? 返す、いうてまた会いにいくつもりやろ。なんで、あいつにそう、ちょこちょこ会わな、いかんねん。何か、あるの？」

「類。それじゃ、あんたがそれ、破って！」

私は手を延ばして、奪いとろうとした。

「ようし、オレ破っとくから……破っとくって！」

類は、椅子から起《た》ち上って、お腹《なか》をかがめて小切手を押しつけ、私に奪われまいとする。

　そうして、必死に叫ぶ。

「返しにいくっていうて……そんな口実で、また、会いにいきよんねん。わかってる。オレ、ノケモンにして……。もしかして、悦ちゃん、あいつ好きになったんちがうか」

私が言葉を奪われてだまってると、類は、泣きながら、ベッドに腰かけ、片手で小切手を握りしめ、片手はぶこつな手つきで、げんこつで涙を拭いていた。

「類、酔ってるわ。……そこでしばらく、寝なさいよね」

私は、類が、酔ってるので却《かえ》って安心した。

眠ったら、そのあいだに、そうっと、小切手を奪い返せばよい、と思った。

「僕、酔ってません。絶対に」

類はしばらくおとなしくなった。私は床にこぼれたビールを、雑巾で拭き、類を安心させるために、わざとほかの話をした。

「ひどい嵐になったわ、ほら……あんなに物凄《すご》く唸《うな》ってる。雨は小降りみたいやけど……だんだん風は凄くなってるわ」

類はじっとして考えこんでるみたいだった。

睡《ねむ》ってるのかな？　と私は思った。

「横になりなさい。お昼にビールなんか飲むからよ……悪酔いするの当り前やないの」

私は、類に扇風機を向けかえてやったり、枕の位置を直してやったりした。

すると、とつぜん、類は立ち上り、壁に掛ったシャツをとって、ドアを開けた。

ドアを開けると、屋根まで吹きとばしそうな突風が入ってきた。

「どこへいくの！」

私は、あわてて、外へついて出た。

「類！」

門のところで追いついた。私は類を引きずろうとして足を踏んばったが、横なぐりの雨で、眼も開けていられないくらいだった。

「小切手、おいていきなさいったら！」

「オレ破っとくよ。離せよ」

「ダメ、あたし破るから！」

すると、類はもうモノもいわず、私を突きとばした。

猛烈なスピードで走り出す。

木々は苦しげに風に撓《たわ》み、立看板が転がってゆき、人っ子ひとり通っていない町の通りを、類は、すごい早さで走ってゆく。

私は追いかけたけど、とても追いつかない。そのうち、飛沫《ひまつ》をあげて走ってきた車に遮《さえぎ》られて、とうとう、どっちへいったか、みえなくなってしまった。

私の思ったのは、

(こん畜生!)

ということだ。

それから、

(やられた!)

ということ。何だかとり返しのつかぬことになってしまったようで、じだんだふみたい思いだった。私のあたまには、

(類に見せたらあかんよ、あいつ、それ握って走っていって車買うよ)

といった入江の言葉がしみこんでいたからだった。

類の姿を見失うと、その不安と共に物凄い腹立ちが私を襲った。類が長い脚を跳ね上げてキチガイみたいに走っていった後姿には、私が衝撃を受けるようなものがあった。

(類は、結局、あれが欲しかったんだ!)

ということだ。

私は類の、「父恋鳥」の涙をほんものと思い、あわれをそそられ、それにまた、類が、入江と私のことを嫉妬《しっと》してるんじゃないか、と思って、一言もなかったので、ひるんでた、でもそれは、みんな類のお芝居だったんじゃないかしら?

そうなると、酔っぱらってみせたのもみんな、類のお芝居みたいに思われた。

それとも――はじめはほんとの涙だったけど、しだいに、(本人もその気ではないうちに)いつしか、小切手の方に気をとられ、興味をもち出したのかもしれない。

ようくみれば、金額の書いてない小切手というのは、これは拾いものだ! 類は、唐突にそんな考えにつきうごかされ、思わずワシづかみにつかんで、あっと思う間もなく、足が先に走ってた、というところかもしれない。

シメシメ、と子供のような弾みかたで、つい手が出、足が出て……。

でも、そんな類の解釈は、われながら、無力に思われた。何でも、人のことを善意に解釈するという私の長所は、この場合、バカの代名詞みたいだった。

いちばん腹立つのは、類の、善意と悪意のあわいの、脆《もろ》い、あやふやさだった。めったにない類の涙、愛情をせがむ孤児のような告白、若い男の嫉妬なんかに、私が足をすくわれて、めためた、となったところを、あざやかに一転してイダテン走りに逃げていく、なんて、あんまり変身ぶりが水際《みずぎわ》だってて、私は率直にいうと、怒りながらもまだ狐につままれたようなところがある。

しかし、小切手を彼がかっぱらって行方をくらましたことで私が不安を感じてるというのは、つまり要するに、類に不信感を抱いていることである。

私は、入江にあんなものを貰わなければよかった！　と後悔していた。ゴタゴタもかなわないけれど、類を悪く思わなければいけないように追いこんだ、元兇《げんきょう》であるところの小切手が、いまいましいのだった。

私は大いそぎで、机のひき出しをかきまわして、入江の名刺をさがし出した。

会社へ電話してみた。

もし入江が、小切手に対して何らかの措置が必要だと認めるようであれば、知らせるのは早いほうがいい、――と思って。

でも、そう思いながらも、電話のダイヤルを私はためらいながら廻していた。

今にも類が、ずぶぬれになって、

（さっきは、ごめん）

なんて戻ってくるんじゃないか、という気がして。

それは今までの類なら、そうらしくもあるし、さっきの類なら、あり得ないことのようにも思われた。要するに、私は、類が、（ようく知ってるつもりだったのに）今は、わからなくなってしまったのである。

電話は長いこと、鳴っていた。私は、入江の会社に電話したことはないので、勝手が分らない。やっと、かなり年輩の男の声が出た。

「今日はもう、誰もいません」

守衛さんらしい。土曜日なのを、私は忘れていた。――となると、銀行も閉るので、今日明日、小切手は紙きれにすぎないわけだ。

尤《もっと》も、私の世間知らずな知識では、小切手がどんな風に使われるか、よく分らない。私は、類が、息せききって銀行へ走っていって換金する姿ばかり想像していたので、とりあえず、銀行がお休みでよかったなあ、と思っていた。

私は、こんどは御影《みかげ》の、入江の自宅の電話をしらべてかけた。類は、ちょいちょい電話しているらしいが、私は必要ないと思って、聞いたこともなかった。

番号はすぐわかった、私は、小切手を見て入江の名前を知ったからである。でもここもちっとも、出てこない。かなり長く呼びつづけ、やっと、中年の女の声で、

「旦那さまはまだ帰っておられません」

という。

「いつごろお戻りになりますか?」

「さあ。何も伺ってません」

「明日はいらっしゃいますか?」

「わかりません」

と、めんどくさそうな返事で、取りつく島もない。家政婦サンかしら。私がことづてしようと思う矢先に、向うから電話が切れた。相手は、留守中の電話を本人に報告する慣習がないみたいだった。

私はがっかりして受話器を、おいた。

そうして、入江の声を聞き、彼と話ができる、ということに私自身、強い期待をもっていたことに気付いた。

彼がいないとなると、とても不安になった。

私は、あの小切手が、入江を苦しめることになるんじゃないかしら、と思うと、何だかいてもたってもいられなくなってしまった。

私はいらいらして何をする気にもならない。仕方ない、もういちどあとで電話してみよう。それとも、ちゃんと、直接《じか》に会って説明したほうがいいかなあ。

類の、やりくちのうっとうしさも、入江に連絡しなければいけないという気の弾みで、すこしまぎれた。それはとりも直さず、こんどは入江に、うっとうしさを転嫁することになるので、気の毒だったけれども。

「峯さあん！」

と、母屋の、中年の婦人が、白いビニールのレインコートをあたまからかぶって駈けこんできた。

「表の溝《みぞ》の水が溢《あふ》れてますよ！　浸水するかもしれませんから気をつけて……」

　彼女は怖《おそ》ろしそうにそう叫び、

「庭の柳が倒れてしまった……」

　彼女はゴム長靴を穿《は》いて、痩せた胸には濡れたブラウスが貼《は》りついていた。

「国道も浸水で通行どめらしいわ。電車も不通になってますって……。水が上まで上ってきたら、どうしましょう。お宅も、男手なしだし」

　婦人は泣きそうな顔で、また、母屋のほうへ走っていった。彼女の立っていた玄関のたたきは、まるで幽霊がたたずんだように、水でぐっしょり濡れていた。

　ほんとに、窓から見ると、どこが道か分らぬくらい、水でいっぱいになっていた。私はあわてて、玄関の靴や敷物を片づけ、ぐるっと部屋を見廻したけれども、何から手をつけていいか、わからないので、とりあえず書きかけの原稿を濡らさないようにしようと思って、古ぼけた大きな革の鞄《かばん》に詰めた。これは戦前からのものらしくて、家にずうっと伝わってたものを、私が書類入れに貰ってきたのだった。外国製のものらしくて、尾錠《びじょう》に赤銹《さび》がきたりしているけど、とても頑丈な、厚い革の、シッカリした長方形の鞄。

　ついでに、類のもので、濡らしたりしてはいけないものはないかと捜したが、レコード以外は何も財産がないのだ。若い男は、天災がきても持って逃げるものはなんにもないみたい。

躯《からだ》ひとつしか、財産はないのだ。

類は、柳行李《やなぎごうり》の蓋《ふた》のないのへ、ジーパンやシャツや、下着を抛《ほう》りこんでいる、それもどうというものでもなく、失ってはいけない財産でもなさそう。

素寒貧《すかんぴん》も、ここまでくると面白い。強いてタカラモノといえば、ギターくらいかもしれないけど、ギターは鞄にはいらない。

シャツの間から、葉書が出てきた。類が友人に宛てて書いた、暑中見舞らしいが、彼はこれを投函《とうかん》していない。若い男というのは、たまに手紙や葉書を書くけど、ポストへ入れるという作業がめんどくさいみたい。

宛名を書くとき、アドレスがわからなくてそのままになったのかもしれない。

「暑中お見舞い申しあげます。

お前この夏はかなり稼《かせ》いだか。すこしよこせ。倍にして返す。タラコによろしく。類」

タラコというのは、誰かのあだなかもしれない。

私は、類の字が、以前はとても、可愛いと思ったものだった。天道虫《てんとうむし》のように丸々した、あたまも尻尾《しっぽ》もない、どこかまだ消しごむと定規のにおいのする学生らしい字。

でも今は、何だかひょろひょろと頼りない字に思われた。むしろ私が感心するのは、この短い文中にも、いくらかある漢字、こんな面倒くさい漢字を、あのナマケモノの類がよく習いおぼえたものだという感慨なんだ！

14

風がやみ、空が霽《は》れてきた。暑い今年の夏、全くめずらしい爽やかな夕方になったが、通りは水が出て、大さわぎだった。私の方の離れは幸い、何ともなかったが、母屋は垣根が壊れ、庭の柳の木が倒れ、根こそぎ引っくりかえっていた。端っこの、角地に一本だけ離れて植えられてあるので風あたりが強かったのだろう。

病身のおくさんが縁側に出て、それを恐ろしそうに見ていたが、私の姿に気づくと、すうと白い顔を、ガラス戸の奥に引っこめた。

ほんとうに母屋の人って、みんな幽霊みたいな所がある。

夕刊は遅くなってきた。台風で水びたしになった阪神間の町々の写真が出ていて、電車はまだ復旧していないみたい。私が電話するよりさきに、母だの、毛利篤子だの、から見舞の電話がきた。

母は当然（といったらわるいか）として、毛利篤子のいい所は、そんな点だった。

「何ともなかった？」

「おかげさまで、無事やったわ、お宅も？」

「今日は手芸教室がやすみでよかった！　家にいたの。ウチの旦那（篤子は、彼女の夫のことをいつもそうよぶ）も事務所を休んでてくれたから。――私、あんたのとこが心配だった。あんた、ボーとしてるし、あの薹《とう》のたった子はあんまり役に立ちそうにもないし、するから、どうしてんのかな、なーんて心配してたの。風と共に去りぬ、になってるんじゃないかと思ったりして」

「大丈夫よ」

と私は笑いながらいった。

「じゃ、坊や、いてくれてんの？」

「いま、いてへんけど」

こっちは小切手と共に去りぬ、という所だった。

「でもあの子は、働くとなればわりによく動く方よ。小マメなのよ」

「そう、じゃ便利でいいね、でも、あんまり長く居らせること、ないと思うな。あんな子は取っかえ引っかえ、使い捨てた方が徳用よ」

「紙タオルみたいね」

「イヤ、ほんとうなんだ、私、若い男の子にゃくわしいんだから」

篤子は熱心にいっていた。そして、思い出したように、

「金色のメダルなんか首に吊《つる》したり、してさ……」

類のことをいう。

金色のメダルと紙タオルの関連について、「ボーとした」私がしばらく考えこんでると、篤子はヒトリゴトのように、

「若い男の子は、あんまり長く引きとめとくと、いまに別れるのに金が要るようになるんでねえ……」

とつぶやいた。

それは、たいへん、含蓄のある呟きだった。彼女が今までの人生で、夥《おびただ》しい金と心を費消《つか》って、やっととそのひとことを得た、というような、いうならば何ヘクタールのお花畠の花から、やっと一滴の香水を抽出した、というような、貴重なひとことに聞えた。

「だから私、若い子はもう卒業したんだ！　フフフ……。いまの旦那を見つけるために、どれだけの人柱を立てたか分らないわよ」

篤子って、結局、いつもそこへ話をもってくるのだ。

女って、亭主ののろけをいうとき、いちばんバカにみえる、ということをなぜあの俊敏でやりての篤子が分らないのかしら。

「人ばしら、かア……」

私はそれにも感心した。篤子は大好きな旦那を見つけたからいいようなものの、彼女の背後には、臺のたった子や、シュンの食べごろの男の子たちの死屍《しし》累々というところであ

るのかもしれない。

「そうそう。それからさ、私、今年中に、旦那と海外旅行するんだわサ。前から考えてたんだけど、なかなか時間がとれなくて」

「ええなあ。どこへいくの？」

「それが、ちょっと今度は変ってて。もう普通の観光コースはみんな行ったしね、エジプトかイランの遺蹟めぐりをしたいと思っていま研究してんのよ。そのあいだ、うちの猫をあずかってくれない？　シャム猫」

「猫かア……猫は」

「そうか、あんた犬派だったね。じゃいいわ、ほかにあずけ口はいっぱいあるからさ」

私は、スフィンクスやピラミッドを見にいく篤子がうらやましくてならなかった。

それに、大好きな旦那と二人で出かけるだなんて。

「ええなあ。帰ったら聞かせてね、あたしも行くときの参考にするから、体験談をたのしみにしてるわ。うらやましいな」

「うん、だけどあんたはさ、何よりもまず一緒にいく相手をさがさなきゃ。金色メダルなんか連れていったって、旅費も遊び賃もこっち持ちだと思えば、女って、決して、ココロから楽しめないもんよ」

篤子は、「ココロ」ということばを、とてもまるまるとなめらかに発音した。

私は一言もなく、

「そうね、ホント」

というだけ。

そうして、篤子に、金色メダルは措《お》いといて、その親爺サンのことをとても話したい気がした。篤子にいえばきっと、

(どうして、その中年の方と先に知り合わなかったのオ)

というかもしれない。

ああ、でもそういう篤子の答えは要するに私がそう思ってることにすぎない。

電話の向うで、旦那が、「アッコ、アッコ!」と呼んでるのが聞えた。

「はーい!」

なんて篤子は年甲斐《がい》もなく甘い蕩《とろ》けるような声で返事している。そうして、電話口で打ってかわった雑駁《ざっぱく》な声で、

「じゃアね。何《なん》かあとしまつで困ることあったらいって! 男手が要ることあったら、旦那の事務所の男の子をいかせるし。たべものやなんか、あるの? 新聞見たら、市役所が給食配ってるとあったから」

「このへんは、そんなことないの、それにあたし、食料品は買いこんでたし。ありがと」

篤子は、まあ、トータルすると、親切なのだった。たべものがなければ、何かつくって

持っていってあげるわよ、とまでいってくれるのだった。女きょうだい、とくに姉のない私は、とてもそんな情感に餓《かつ》えてるのだった。

それからして、私は、どうしても、類がにくめなくなってしまう。「たべもの作って持っていってあげようか?」といってくれる人を、持たない人生なんて、私は考えただけでも震えあがるほどおそろしくて淋しかった。

私は、もし私が、類にとってそんな存在だとしたら、どうしても類から離れることは、可哀そうででけへんわ、なんて思ってしまう。

その日、入江の自宅に二へん電話したけれど、二へんとも、誰も出なかった。偶然、電話のそばに誰もいなかったのかもしれないけれど、私は、(はじめの家政婦サンの受けこたえの印象が悪かったせいか)荒廃した家庭、という感じを受けた。

あくる日はまた、朝から暑さがぶり返し、快晴になった。母屋の庭には人夫がはいっていて、根こそぎされた柳の木を、三、四人でもと通りに起し、土を埋めて、つっかい棒なんか、していた。べつの二、三人が、垣根を繕っている。母屋の人々は、嵐になる何時間も前からきちんと雨戸を閉めてるのと同じく、また時季々々に、手抜かりなく虫干しするのと同じく、こわれたところをつくろうのも、周到に、手ばやくする習いらしかった。

その早手まわしな処置は、まるで、何か手落ちや過失があると、そこから疫病《やくびょう》神がはいりこむとでも、怯《おび》えているようにみえた。

でも私は、むろん、そんなことはいわず、昨日の婦人が、人夫さんたちの働きを見るために、じっと立っているので、

「きれいにもと通りになりましたのね」

とほめてあげた。

私はゴムの長靴をはいて、表通りまでいってみた。

どんなふうに町が被害を受けたか、見たかったからだった。

水はひいていたが、パン屋の看板はちぎれてぶらんぶらんと、パンケースの上まで下っていたし、洋裁店の窓ガラスは、飛んできた瓦によって砕かれていた。スナックの「花」の前は、流されてきた土砂が積っているので、バーテンの髭《ひげ》のキヨちゃんが、ズボンの裾をたくしあげ、ホースの水で流そうとしていた。

私を見て、見舞いをいってくれた。そして、

「危ないですよ、ガラスや瓦の割れたんやら、針金やら看板やらで、ウカウカ歩いてるとケガしますすよ」

と注意した。

「電車は通ってんのかしら?」

「朝のテレビのニュースで、もう通ってる、いうてましたよ」

町の人々は、自分たちの家の前に流されたゴミの山を捨てるのにけんめいになってい

た。

　水がひいてしまうと、もう、町はもと通りの表情になっていて、つまらないので、私は家へ引返した。

　昨日、母屋の人にいわれて窓から見たときは、まるで、窓のそとが一夜に大きな湖になったように、水が漲《みなぎ》っていたので、怖かったけれども、なにか、いそいそした気分だったのだが……。

　それにしても、台風のあくる日、一緒に町へ出て、どうなったか見にいく相手がいないことが、私にはとても淋しかった。昔は、こんなとき、ひとりで長靴を穿《は》いてトコトコと状況視察に出かけたものなのに……。

　そうして、あんがい町が被害を受けていず、もと通りの顔をしているのをみるとガッカリして（人にいったら叱られるけど）帰ってきて、コスモス畠《ばたけ》が水に荒されたあとの手入れをしたり、壁の根元に石灰を撒《ま》いたり、ホースの水でそのへんのゴミを流したり、洗濯をしたり、かいがいしく働いただろうに、いまは、何をするのも懶《ものう》くて。

　そうして考えていた、一人から二人になるのは、たやすいけれど、二人から一人になるのは、むつかしいなあっていうこと。

　類の、黒い太い縞のシャツや、藍《あい》色が飛んでいい感じに晒《さら》されたジーパンを見ていると、類が、またここで生活することは、ないんじゃないか、という気がしてきた。その考えは、類が奪っていった小切手と、無関係ではなかった。

類は、私との生活からも中退するのではないだろうか。何しろ、チュータイストなんだから……。

いま、私が類に感じてるのは、腹立ちよりも、不可解、といった気分である。あんなことして、今度帰ってくるとき、どんな顔して帰ってくるのかなあ、って。私は類のために途方にくれた。男と女の仲、長く続かせようと思うなら、会うたびに、いつ寝てもいい、というような、ふわふわした、やわらかい、やさしい気分でいなければダメなのである。

ふたりが、一緒にご馳走をたべるような気持で、お互いに顔を見合せてにっこりして、何年でも見とれているような、どこへまず唇をつけようかと、類なら、どこへ熱いお灸《きゅう》をすえようか、というような視線を交わしあう、そういう仲でいなくてはいけない。

類と私は、ちょっと前までは、そんな仲だったのに。

男と女の仲って、ちょっとでも、「不可解な部分」があったら、もう風がスウスウと入ってくるんやわ、なんて私は、考えていた。でも類のことだから、また、何にもなかったように戻ってくるだろう。（それも、いかにも類らしかった）

肩にひっかけたシャツや、素肌にゆれてる金色のメダルや、細い腰や、小さなお臀《しり》を、私はまた見るかもしれない。でも、どこかしらん、昔とちがう気がするんじゃないか、という予感を、私はおそれた。

入江と連絡がとれずに日はすぎてゆく。

会社へかけても、いつもゆきちがいになり、電話があった、ということだけをお伝えください、というのだが、彼から電話はなかった。

水曜の夕方、私は「スナック『バロン』」の樫《かし》材の看板の下で、仕事をしていた。のびのびになってる、「侏儒《こびと》フランクフールの唄」のつづきを書いていた。

机の上には、灰皿がある。類がどこかから持ってきた足型の灰皿だった。それは、いまきれいに洗われたまま、何日もそのままである（私はあまり喫煙のくせはないので）。灰皿がきれいなままに、日が重ねられてゆく、ということにも、私はすこし、感慨があった。やっと唄がかけた。

「お城に仕える侏儒フランクフール
　城主の姫に恋をした

バラの蕾《つぼみ》の姫は十六
雄々しき騎士のおもいびと

みどりの空に、鐘なり渡り
今日ぞめでたきご婚礼

哀れな侏儒フランクフール
宴《うたげ》の庭のおどけ役

フランクフールの得意の芸は
とんぼがえりの毬《まり》のまね

さあさ姫さま　花婿の騎士
お二人で毬《まり》をお打ちなされ
毬は私めお手からお手へ
弾んで廻ってみせまする

くるくるまわるフランクフール
目にもとまらぬ宙がえり
〈もっとお廻り、もっともっと〉

姫は手を打っておよろこび
高鳴る喇叭《らっぱ》　とりどりの旗
飲めや唄えの酒《さか》ほがい

やがてはじまる優雅な踊り
騎士は花嫁の手をとって

見る人もないフランクフール
ひとりつづける　宙がえり

なぜかとまらぬこの宙がえり
フランクフールはいつまでも」

なんて書き散らしていたら、電話が鳴った。

出てみたら、入江だった。

「電話してもらいましたか？」

そのおだやかな、機嫌のいい、やわらかな声は、私には肉感的に思えるほど、好もしかった。私はとても入江の電話を待っていたので、感動して涙が出そうだった。いうなら、彼の電話は、何となく、何かが満期になって、やっと下《お》りました！　というような感じだった。おかしなたとえだけど。

15

「台風はなんともなかった？」

と入江はのんびりいっていた。台風どころではないのだ。私はいそいでいった。

「土曜日からずっと連絡とろうと思てたけど、とれなかったの。とてもいそいでたんですけど」

といっただけで、入江はすぐわかったらしく、微妙に声色がかわって、

「あいつのことですか？」

「ええ、あの……小切手を類ちゃんが持っていってしまいました」

「なるほど」

入江はそうおどろかなかった。

「そうやないか、と思いましたな」

「あの……もう、アレ使ってました？」

「すこしひき出してます」

「どのくらい？……」

「百万」

私は、息がつまった。とり返しのつかないことがおきたような予感を、あのとき私は持ったけれど、やっぱり、だったなあ、と思った。

「すみません。あたし、マサカと思ったの。それでね、土曜日曜とずうっと、おうちの方へも会社へも電話してたんですけど……」

いってるうちに、私は、涙ぐんでしまった。

「ごめんなさい……」

「あんたがあやまることはないけれど」

入江はおちついていっていた。

「どんな風に持っていった？　盗んでいったんですか？」

強奪、というのがふさわしいが、いくぶんは泣きおとし、それに詐欺というのか……。

「あの、父子草、父恋鳥みたいなこと、いって」

「なんですか、それは」

それは入江に分るはずない。

「電話ではいわれへん。会《お》うてしゃべります。あの、今日お会いできます？」

入江は考えているふうだった。ややあって、

「そっちへいく、というても車を駐《と》める所がないし。駅まで出て来ますか」

私は、いく、といった。そうして、駅の前の喫茶店の名前を教えた。

類は、いいかげんな男にはちがいないが、へんに想像力がある。だって、小切手に関して、私がまた入江と会うことになったのを、ちゃーんと前もって予言したもの。

陽が落ちても、ねっとりと暑くて、私はなんべんもシャワーを浴びた。山からの風は濃い熱気をもたらすだけで、まるで、熱帯にいるみたい。私が駅前の喫茶店にはいろうとしたら、思いがけなく、類の友人が、その店内にいて、ぼんやり煙草をふかしていた。「花」で一、二度会った顔だけど、向うはまだ気がつかない。

私は、何となく、この男に、入江と私がいるところを見られるのは好きではなかった。この青年だけではないけど、類の友達ときたら、へんに老成ぶってなまいきで、あんまり好きじゃない。職業は何か分らないけど、口を利くと、何もかもさとりきったようなことをいい、決して感動せず、皮肉で薄情で、蚯蚓《みみず》みたいにつめたい若い男たちだった。

こんな仲間のうちでは、類が図抜けて人がよく素直で、育ちがよくてやさしかった。

でも、それも、今までのことだ。

このあいだの類をみたら、私には確信的に類が上出来だとは言い切れない。

そうして、急に思いついたことがあった。

もしかしたら、類はあの仲間たちと使うために、そんな大金を引き出したんじゃないかしら、と。

入江はまだ来ていないみたいなので、私は喫茶店の反対側の道路で、入江の車を見張っていた。約束の時間を五分ばかりすぎて、見おぼえのある車が、バスの後からあらわれた。

そうして、この前と同じ所へ停ったので、私は走っていった。

入江が車から出てきた。私はさらに、スピードをあげて走った。私はふだん物臭であるが、それは世を忍ぶ仮の姿で、ほんとうは人の思うよりも軽捷《けいしょう》で、すばしこいのではないか、と自分自身を発見するような迅《はや》さで。

(でも本質は、私は鈍く、トロくさいのである。それが、すばしこくなるのは、生活に張りをもっているときだけ。つまり、愛してる男たちとの関係に於《おい》てだけ、私は見違えるように溌溂《はつらつ》とするのである)

私は凄い勢いで走っていって、入江の背中を叩いた。まるで暗殺者が兇行に及ぶ瞬間みたい。入江はふりむいてぱっと顔を輝かせ、

「やあ」

と嬉しそうにいった。

「すこし遅れたかな。ごめん」

入江は、ほんとに嬉しそうに笑っていた。私の顔を見て。

そこには不可解なものは何にもなかった。

私、曖昧《あいまい》なものはきらい。入江みたいに、嬉しいときは、ほんとうに嬉しそうな顔をしてみせる男が、だい好きなのだ。自分が年上だから、自分から嬉しがってみせられない、とか、こんな顔をみせたら、内かぶとを見透かされ、見縊《みくび》られるのではないかと警戒するような、みみっちい所はないのだった。

私は、走ってきたので息切れし、それに彼にあえて嬉しいものだから、モノがいえなくて、笑っていた。戸外《そと》でなければ、彼の首っ玉に齧《かじ》りつきたいところだった。ウチの部屋に棲《す》んでるお馴染みのネズミみたいに、ぱーっと、彼の軀にとびつきたかったけど怺《こら》えて、

「あのね、あそこの店、いやなの」

「なんで」

「いま覗《のぞ》いたら、類の友達がいたもん。車でどこかへ行った方がええわ」

「あ、そお?」

入江はすこし、まごまごしたが、また車に乗った。私は反対側へ廻り、入江がロックをはずしてくれるのを待って、すべりこんだ。

「類の友達の前で、類の話なんか、でけへんわ」

「そうか」

といって入江は車を駅前の広場から出しながら、

「どうしようかなあ、すると。とにかく咽喉《のど》がかわいて。それに、おなかが空いてたまりまへん」

と、最後のところを、とてもやわらかい、上品な大阪弁でいった。それは、かわいらしくきこえた。五十ぐらいのおじさんが可愛らしい、なんておかしいけれども、ほんとにそんな感じだった。

「まず、冷たアいビール飲んで、それからメシにしたい」

「あたし、それより早う、類ちゃんのこと、しゃべりたい」

「いやなことは早うすませてしもた方がよろしい。せっかくのメシが不味《まず》うなる」

それで私は、大いそぎで類の話をした。車の中でしゃべる方が、しゃべりやすかった。お互いの表情を見なくてすむので、事務的な話ができる。

類が泣いて酔っぱらって、(いや、酔っぱらったから泣いたのか)「親爺に可愛がられたかった」なんて、いい、いい、涙と洟《はな》で顔を汚して、

「エッ、エッ」

と泣きじゃくっていたこと。

私が心中「父子草」か「父恋鳥」という題の小説になりそうやわ、と思ってたこと。

そこまで話すと入江は堪えかねたように失笑し、

「父恋鳥はよかった!」

と私をほめた。

そしておまけに、

「浪花節《なにわ》やな、まるで。――いや、いまの若い者《もん》ほど、浪花節人生、いうのが好きなんやなあ、これが。我々中年ニンゲンは、義理の人情の、といわれると、鳥肌たつ所があるけどねえ」

と笑った。

それは、嗤《わら》う、と書く方なのか、あわれむような呆《あき》れるような気分のものである。

私は、入江の乾いた、強靱《きょうじん》な精神にすこし触れた気がした。

でも私は、なぜか、類が私と入江の仲をヤキモチやいてるみたい、というのはいえなかった。

それで、必ずしも類の雰囲気が正確に入江に伝わらなかったかもしれない。彼は、

「それで、泣きおとして、あんたから小切手を捲《ま》きあげたの?」

とふしぎそうにいった。

「そこんとこが、ようわからへんの。――あたしに、そんなもん貰うな! と怒るから、あたし破っとくわ、というたの。そしたら類は、じーっと小切手見て、渡してくれへん

の。あたし、急に心配になってきて、返してもらおうとして手ェ伸ばしたら、類は小切手を両手でおなかに押えつけて、離さへんのやもん——」

「ふうん」

「そいで、あっという間に嵐の外へ飛び出してしもたの。あたし、いそいで追いかけたけど、見失《うしの》うてしもたの。うわー、どないしょ思て、もう心配で心配で、すぐ、会社やおうちに電話したけど、いてはらへんのやもん」

「土曜。台風の日。ああ、あのときは京都にいた。仕事で人を接待してました」

「あたし、こんなことになるのやないかと思てたら、やっぱりやったのね。そんな、大きな、お金」

私は、そらおそろしくて、とても、「百万円」なんてコトバを口から出すこともできなかった。

「まだ百万円で済んでよかった」

入江は冷静にいい、

「小切手を奪《と》っていく、という、そっちの方が類らしい。あのくそばかが、父子草というガラやないですよ。結局、小切手が目的やな」

と、血も凍るような冷たい声でいう。

そういわれると、かえって私にはまだ割りきれない、ふっきれない感じが残る。

「でも、ほんとに泣いてたわ」

「欠伸《あくび》したって涙は出ますよ」

入江は類の涙に毫《ごう》も動かされてないようだった。

「すんません、どうもすんませんと泣きながらピストル強盗でもしかねないのが、あいつやから。――私は、奴のいうことは何一つ信じないですな。それは、そら涙というもんですワ。小切手はどこかから奴が見つけ出してきたの?」

「あたしのハンドバッグに入れてあったの」

私は、入江に管理の杜撰《ずさん》をとがめられたように、恐れ入って答えた。

「ハンドバッグを無断で開けよンのん? いつも、そんなこと、してるの、あいつ?」

入江にきかれて、私は、今も持っている黒い革のハンドバッグを見た。私は類なら、勝手にハンドバッグをあけて、中から赤い火喰鳥《ひくいどり》の皮の財布をとり出して、勝手にお札をぬき出しても腹は立たないだろうと思ったが、しかし現実に類がそうしたことは一度もない。

いや、なかったと思う。

類がそんなことをしないからこそ、私は類がお札を抜き出しても許せそうに思うのかもしれないが。

「これから、金はそのへんに置かん方がよろしいよ」

入江は事務的にいった。

「私の思うのに、たぶん、奴は競馬で借金でもして、にっちもさっちもいかんトコへきてたんではないかなあ。若い奴《の》はそうなると見さかいないから。麻雀《マージャン》の借金かもしれん。金、貴重品、通帳や判コ、小切手帳とか、ともかくそういうもんは、厳重に保管しておいて下さい。こんどは、あんたに迷惑が掛ることになるかもしれん」

入江は淡々というのだが、私は、そこまでいわれる類が、かわいそうになった。

「信じられへんわ、類が、そんな……。類ちゃんははじめは、あたしに生活費まで出してくれてたくらいやもん」

「それは、まアいうなら、見せ金というやつで、詐欺師がよう使う手」

「アハハハ……」

私は思わず笑い出して、入江の脇腹を抓《つね》ってやった。深刻な話の途中で、おかしいことを言いたがる嗜好《しこう》は、私と入江は共通していてぴったりだった。

「まあ、私の損害なら、これは仕方ないけどね」

入江がそういうので、私はあらためて、

「ごめんなさい。あたしがボヤボヤしてたせいで、ご迷惑かけてしもて」

と詫《わ》びた。

「いや、それはこっちこそですよ。心配させて却《かえ》って、あんたに悪いこと、した。負担をかけてしもた。――そうすると、あの日は内も外も嵐やったわけやね」

「そういうわけ」

「ではまあ、今夜はあんたの慰労会といこう」

ほんとに中年の男の人っておかしい。いろんなコトバを知ってて、それを楽しく使う。そして、人生をうまく生きる人というのは、楽しい口実をたくさん考えつく人である。そんな点も、私が彼を好きなところ。

「さあ、これで、あのくそばかの話はおしまい」

と入江がいい、彼も私も坐り直した。いまは車は、市街地を通りぬけて、暗い道を走っているのだった。

「どこへいくの?」

「山の中に、面白い料理屋があってね。そこやと、飲んでも、車を置いてタクシー呼んで貰《もろ》て帰れるから。車ころがしてるとゆっくり飲まれへんのでね。――あんたもタクシーで送らせるから安心して飲んで食べなさい」

「それ、どんなとこ?」

私は、ワクワクしてきいた。

「どういいますかな。ひと山が、その家の庭になっててね。ほんとはもっと明るいうちに着くと景色がたのしめてええのやけど。あちこちに、ぽつんぽつんと家がある。つまり、一軒ずつ離れて建ってるんやけど」

「じゃ、コッテージとかバンガローみたいになってて?」

私は夏山のキャンプ場を思い浮べながらいった。

入江は笑った。

「いやいや、山の中の一軒家というような感じに作ってある。藁葺《わらぶき》の屋根とか、檜皮葺《ひわだ》とか、それに、山家《やまが》の炉端で食べるような趣向の小屋もある」

「都会風なわけね」

と私が、以前、入江と交わした会話を思い出していうと、入江も思い出したらしく、

「そやそや」

と笑った。

「うれしいな。その、炉端のある山家の小屋でたべたいな」

「うまく空いてればそこへ入れて貰おう。こんなことなら予約しとくんやった!」

「料理はどうするの、その一軒ごとにつくるの?」

「まさか。それはちゃんと本館みたいなところが総元締で作ってる。女中さんや男衆が山の中の道をあがったり下りたりして運んでくる」

「雨のときはどうすんの?」

「傘さしてくるんやろ」

「嵐の日は？　傘もさされへんやないの」

「うるさいな、そんなん向うに任しといたらええがな」

なんて言い合うのもおかしい。

「春先にくると、梅が咲いていいてね。ええ匂いがする山でね」

「いつも来るの？」

「たまに接待に使う。しかし大阪からちょっとあるんで不便でね。尤《もっと》も、接待に使うのは、本館の大広間ですがね。ここは旅館にもなってて泊れるから」

私はそれで、何だか入江と旅してるような気になった。車で行方さだめず出かけ、ゆきあたりばったりに泊って、また朝になると出発する、――というような。

以前、類はとても車を欲しがってて、（それは今もそうだ。そして私は、類が持っていった金で、今ごろ車を買って乗り廻してるのじゃないかと想像しているのだ。入江のいうように賭事の借金を払ったとは思えない）私とゆきあたりばったりの旅をしたがっていたものだった。でも類と旅に出る、なんてどう考えても想像できない気がした。類が、はだかでギターを弾いたり、たまにスナック「花」でミートパイを買ってきて二人で食べる、そんな生活しか思い浮ばなかった。

類と二人でねむるのは、板敷の床に敷いた蒲団や、狭い鉄の寝台、そんなところがぴったりで、豪華なホテルのダブルベッドとか、次の間つきの結構な日本間、床の間に掛軸の掛っているような部屋でねむるなんて、逆立ちしても想像できなかった。

でも、入江だったら、どこへおいても、生れてずっとそこにいたように自然に似合うだろう。でも、その横に私がいるのは、これはまだ想像できない。

私は、毛利篤子の旅を、うらやましがってる、という話をした。

「その友達は、大好きな大好きな男と二人だけで、遺蹟めぐりの旅に出かけるの。幸福やろうなあ、と思うわ。ああ、あたしも早う、そんなんしてみたいな。でも、あんまりすばらしい、たのしいことをやると、そのあとの人生は、つまらなくなってしまうやろね」

「ほんなら、つまらないことはせんといたらよろしねん。すばらしい、たのしいことだけして」

入江は、こともなげにいった。いまは車は山地の坂を登りつめて、黒木の門へはいっていた。もう電灯のつく頃で、門内は鬱蒼《うっそう》と繁る木立なので、よけい暗かった。

木立のあいだを走って灯の明るい本館についた。横手の駐車場へ、入江は車を入れた。ずらりと十何台の車が並んでいる所だった。

茶色の大きなコリーが空地の隅にのたりと坐っていたが、車を下りた私が近付くと、やっこらさ、というように立ち上って、においを嗅《か》ぎにきた。私は、犬のしっぽが何となく椎茸《しいたけ》を切ったような感じなので、

「こら、シイタケ」

とさっそく名前をつけて相手になっていた。
クーラーの利いた車から出ると、外はむし暑くて、犬も日向《ひなた》くさいにおいを放ってい
る。でもそれは私には、好ましいにおいである。
私が、赤い木綿のパンタロンに犬のあたまをこすりつけたり、首を叩いたりして遊んで
いるあいだに、入江は門番の爺さんや仲居さんとしゃべっていた。彼は、かなり馴染みら
しい扱われかたをしている。仲居さんが先に立ち、案内した。
「山家《やまが》が、空いてた!」
と入江はにこにこして私にいう。
「ほんとう。嬉しいな!」
「石段があるから、足もとを見ておあがり」
先に仲居さん、入江、私の順であるいた。芝生のあいだの石段は幅がせまいので。私の
うしろから、シイタケが、「そこまで送りまっさ」というように、のたりのたりとついて
きた。道はさらに折れ、青白い灯がところどころにあって、きれいな蛾《が》がまつわりついて
いるのだった。山の匂い、それから樹の匂いを私は胸いっぱい吸いこんだ。私は、こんな
匂いを嗅ぐだけで有頂天になる。それに足もとをゆさゆさとついてくる、シイタケの、湿
った毛並み(それは草の露に濡れたもの)、犬の匂いも大好き。
「危ないよ。低うなってる」

と入江はふりかえって注意してくれる。

「いつも、うわの空みたいな顔して歩いてるよって、危のうて仕様ない」

「そやから、うしろからこの犬、見張っててくれてんの」

仲居さんは振向いて、私のことを犬好きですね、といった。シイタケは犬好きな人はよく見分けて従《つ》いてくるそうである。でもシイタケだけじゃなく、犬はみなそうだ。自分を好いてくれる人をよく知って、すぐ馴付く。

「あたしと一緒ね」

「女はだいたい、猫に似てるもんやねんけどなあ。犬に似てるなんてあんたぐらいやろ」

私がシイタケをからかいながらいくので、仲居さんと入江はさっさと、先へのぼっていった。きれいに造られた坂道をあるくと、ふいに小ぢんまりした藁葺の家が現われた。

ほんとの百姓家みたい。

私は犬を連れて縁から廻り、もう座敷に坐っている入江に、

「こんばんは。一夜の宿を、お貸し下さい」

などといって喜んだ。

「芸をしてみせたら泊めてやるよ」

「家なき児《こ》みたいね」

土間からあがった。板敷の台所風な部屋に続いて、六畳の部屋、それにひろい濡れ縁が

あるだけの家である。障子をあけ放ってあり、谷や森が見渡せるようになっていた。

部屋のまん中に炉が切ってある。冬は火がはいるそうだが、いまは自在鉤《かぎ》に掛った鉄瓶《てつびん》が、カザリモノのように五徳に据えられてあった。

私たちは炉のそばで、箱膳《はこぜん》の鄙《ひな》びた食事をとった。山菜のてんぷらや、梅のたれでたべる蒟蒻《こんにゃく》、山梨《やまなし》の実のたいたものや胡麻《ごま》豆腐、山芋など。咽喉《のど》がかわいたといっていた入江は、美味《おい》しそうにビールを飲む。縁に近く、美しい青楓《かえで》が繁っていた。

シイタケは、仲居さんが連れて下りてしまった。料理を運ぶ人が下りると、山腹のこの家は、ほんとに山の中の一軒家みたいで、しーんとして怖いくらい。遠い所で、谷川のせせらぎがきこえ、

「何もエジプトやアンコールワットまで行かんでも、いろいろ楽しむことはできますよ」

入江は上衣もネクタイもとって、山の風をたのしんでいた。

「予約しとけば風呂も入れたのに。ここのええ所は、誰も見る人がないので、風呂あがり、裸でメシが食えるねん」

「あたしは、パジャマでいられるわけ？」

パジャマ姿でいるのが大好きな私は、こんな山の中の藁葺屋根の家で、一日パジャマを着て、ごろんごろんと入江のそばにいられたらいいなあ、と思った。

類は私と反対で、昼間の恰好のまま、夜、寝るのが好き。ジーンズを穿《は》いたまま、寝床

にもぐりこみたがる。私がやかましくいうので、やっと着更えるけど、ほんとは、夏も冬も、着のみ着のままで、寝るのが好きみたい。

私は、夜の恰好のまま、昼間もいるのが好きだけど。

暗い谷の繁みで、へんな啼《な》き声がした。余韻を曳《ひ》いて闇に溶けこむとき、何か悔恨に似たやさしみが感じられる。いやな啼き声ではなかったけれど、怖かった。

「木菟《みみずく》」

と入江は教えた。それで私は、思い出した。

私のおばあちゃんの話によれば、木菟の啼き声は、

「五郎助《ごろすけ》　奉公!

襤褸《ぼろ》着て　奉公!」

というのだそうだった。

「ほんとに、そう聞える!」

と私はおかしくて、谷の奥の啼き声が「ホウ!　ホウ!」というたびに口真似して笑った。作り笑いしなくて笑える、なんて発見は、それが愛の徴候《しるし》のように私には思える。

山家料理は、簡単な材料なのに、デリケートで高雅な味わいをもっていた。高野豆腐のたきかたも、心こめてあった。仲居さんが最後のメロンを置いて山道を下りてゆくと、台所のプロパンガスで料理をあたためたり、盛り付けたりした男の人も出てしまい、一軒家

にほんとに二人だけになってしまった。

「よかった。ここ、好きよ！　エジプトより、アンコールワットより好き」

私は膝《ひざ》を抱いて壁によりかかっていた。おそい月がやっと出て、森の梢《こずえ》に掛った。

「月の通り道に向《む》うてるなあ。一晩中、座敷に月がさしこむよ、ここは」

私は、月のさしこむ部屋で眠るのが好きだ。

「泊りますか？」

と入江は静かにいった。

16

私は入江に表情を見られないために、膝に顔をつけた。髪を短く剪《き》ってしまったので、こんなとき、たいそう具合わるい。髪で顔をかくせないから。

「どうすんの？」

と入江は軽くいった。それは私の負担をかるくする気遣いのためかもしれない。

「泊るなら、そういうとくけど」

私はますます膝のあいだに顔を伏せて、黙ったままだった。私は意地が汚ないので、人生のどんなことでも、いったん惑溺《わくでき》しはじめると、いつかの入江のように、「もう結構」

といえないのだった。私って放恣《ほうし》にさせておくと、とめどないところがある。（それは私に限らず、ある種の人間は、そうかもしれないけど）

「どないするねん……困った子やなあ。かんじんのときはいつも黙って、しょうむないことにはお喋《しゃべ》りで」

入江は笑った。彼は、仲居さんに持ってきてもらったウイスキーの罎《びん》と氷を前にして、自分で勝手に酒をまぜ合せて飲んでいた。

ふいに私は、ずるずると入江にひき寄せられた。その力のつよさは、男の力というより、アルコールの力というもののように思われる。

私はなお顔をそむけようとしたが、入江の方へ向かされてしまった。

「あほやなあ。なんで泣くの？」

「あたしに、きめさせるんやもの」

私の赤いパンタロンの膝は涙ですこし濡れてる。

入江はしばらく考えていて、

「今日はまあ、そのつもりで来てないから、帰りますか。こんど用意して来よう」

私は依怙地《いこじ》にだまってる。彼に、

「ハイ、は？」

と催促されてしまった。ハイなんて強いられていう返事じゃない。条件反射的に出てくる言葉だ。

「では、泊る?」

「イヤ」

「ほんなら帰る?」

「イヤ」

といって、私は笑ってしまった。笑ってるとスキが出来る、そこをまた、するりと入江に腕をからめられた。(どういう恰好になってんのか、第三者として外から見てるわけじゃないので、自分の恰好がさっぱりわからない)

彼にキスされたとき、なぜかしらん、ずうっと昔から馴染んできたもののように思われた。入江が私の軀を離して、

「飲む」

といったのは、私に訊《き》いたのである。私は酒のグラスを貰った。煙草も貰った。幸福って、こんなときの気分じゃないのかしら?

「入江サンは幸福?」

「何が」

と彼はいぶかしそうにいう。

「いま」

「おかげさまで、楽しい。面白いです」

ヘンな野郎。私はすこし不満で、

「幸福やないの?」

「幸福と面白いこととはちがいます。幸福いうのは、面白いことが無くても成り立つ」

ふーん。

「たとえば、会社は隆々栄えて儲《もう》かり、女房は機嫌よく、子供は健康で順調にすくすく伸びてる。そういう風なとき、男は、幸福と思うやろうなあ。しかしそのとき面白いか、というと、そう思うてないのやねえ、これが」

そうかなあ。

「面白う無《の》うて幸福、ということもあるし、幸福ではないが、面白いというときもあるね」

「入江サンはどっちがええの?」

「ええ、悪い、というのはいえませんなあ。そうしよう、と意志して出来《でけ》へん運命の力が働くから。麻雀みたいなもんで。本人の力倆《りきりょう》だけではすまんから困ります」

「じゃ、いまは面白くて幸福ではないの?」

私は、「幸福でない」ということに拘《こだわ》っていた。私は女だから、幸福と面白いこととを結びつけるのが本当のような気がしていた。

「あんたといると面白うて、楽しい。それが一ばん大切とちがいますか。幸福な人生を送った男はたくさんいますよ。しかし、面白い目を見た！　とひとり笑いして棺桶《かんおけ》へはいった奴は、めったに居《お》らへんのやから」

「そんなら、あたしとめぐりあってよかった⁉」

「なんべんいわすねん」

と入江はやけくそ気味でいって、新しい酒をグラスに注いでいた。

キスしたのは、こんどは私の方からだった。

木菟が、五郎助氏の奉公ぶりを讃《たた》えて啼いている。

私たちはかなり遅くまでそこにいたとみえて、出てみると駐車場の車はあらかた消えていた。

本館の若い衆が、入江の車を運転してくれることになり、私たちは二人そろって、うしろのシートへ坐った。帰りみち、入江はもっぱら、その青年としゃべった。山向うの土地に、ケバケバしい観光ホテルが建つらしい、その中にはレストランシアターみたいなんが出来る、結局、人件費節約で、泊り客を一ヵ所にあつめて食事させるのがねらいなのだが、そうなると「ハワイのフラダンスや、外国の曲芸みたいなんが来て、観光バスが客をはこんでくるのん、ちゃいますか」と青年はいっていた。

「かなわんなあ、あのへん高級住宅街やのに、反対せえへんのか」

「もひとつ盛り上りまへんなあ。ウチの社長ひとり、やいやいいうてますけどな。出来るのんちゃいますか、いずれは」

「そないなったら、あの山のながめもワヤやな」

「ほんまですわ」

青年は温順な人がらしく、親しそうに入江と話している。私は、入江が、若い者はみんなきらいだと思っていたのに、とても愛想よく青年にうちとけてしゃべるので、すこし意外だった。

でも、あとで聞いたところでは、入江はマトモに学業にはげんだり、せっせと働く若者は好きなんだそうである。

私はそんなところに、入江のすこうし、古い、大正時代風な、勤倹力行《きんけんりっこう》、努力精進を重んじるあたまのかたさを見て、距離感をもつ。

私にいわせれば、せっせと働いたり、学業ひとすじにつとめてるような若者の中に、いやなエゴイストや、冷酷な薄情者もいるのを知ってるから。

入江と、私の、若ものをはかる尺度は、ちがう点もあるのだ。

だから私、入江みたいに、ボロクソに類をつっ放せないんだわ、と思ってた。

でもそれで以《もっ》て、私の入江に対する気持が変化するというのではなかった。私は入江の肩にあたまをもたせて、彼が、前の運転席の若者と観光公害について意見を交わすのを、いい酔心地で聞いていた。家のちかくまで来たとき、私はもう睡《ねむ》っていて、入江に起された。

「また、電話してもいい?」

と私は入江にいって別れた。

人々も、新聞も、こんな長い夏ははじめてだといっていた。もう夏休みも終ったのに、灼《や》けつくような暑さはすこしも去らなかった。

ものみなを灼き涸《か》らし、水分を奪い、草も人々も、コンクリートでさえも乾き切り、不毛に、どす黒くなって、喘《あえ》ぎながら秋を待っていた。いつまで経っても日は短くならず、夜は長くならなかった。

類は帰らなくなって、二週間以上になる。いままで、こんなに長く寄りつかないでいたことはない。でも私はといえば、ほんというと、類よりも入江のことを考えてることが多い。

ある日の明け方近く、私は奇妙な夢を見た。

(コレハ何デスカ?)

と私は聞いた。壜《びん》である、という答えが、どこからともなく返ってくるように(聞えたのではなく)感じられた。

それはガラスであるが、柔らかそうにみえた。綺麗な色だと私は感心して(何トイウ色デスカ）と聞くと、夢色です、とまた答えが感じられた。

透明で、揺れるシャボンの泡《あわ》のように、寒天のように、それは光っていた。もっとよくみえるようにという親切な配慮でか、あるいは意地わるい思惑があってのことか、壜は私の前に急に押しやられた。私はつい、手を触れた。

と、それは私の指紋をつけてそのまま凹《へこ》んだ。

私は狼狽《ろうばい》して再び指を強く触れた。

私のつもりでは、それは形を元へ戻すためであったが、壜は以前よりいびつになってしまった。

私が付けた指紋の渦は、水を湛《たた》えたようにきらきら光り、やがて壜はゆっくり倒れると、その口元が放恣《ほうし》にひろがり、美しい唾液《だえき》のような滴《したた》りをたらしはじめた。それとともに、壜のかたちはみるみる、崩れていった。

（壜ガ溶ケル！　溶ケル！）

私は泣きながら叫んだ。

と、壜がみだらに溶けて光って、流れ出すにつれて、私の軀のうちがわに、おぼえのある潮がたかまって充ちてきた。壜は、金粉や銀粉と共に四散して、軀のおくそこにからみつき、物凄《すご》い痺《しび》れを与えた。とろッとして、じわーっとして、いつまでも強烈な余韻が、からだにもあたまにもあって、目がさめてからも、しばらく起き上れなかった。寝呆けたあたまにも、あの壜が、快楽の、欲情の、象徴みたいに思われた。そうして、これは、寝呆けあたまにも、はっきりおぼえているのだが、夢の中での愉悦の対象は、類よりも、入江だったのだ。

（凄いなア……）

なんて私は呟《つぶや》いた。現実でもこんな快楽を味わった気はしなかったので、私は呆然としていた。

昨日、母屋の人に貰った梔子《くちなし》の花がテーブルに匂っていたが、もしかして、その匂いが私に肉感的な夢を見せたのかな、と思ったりした。そうして何ということもなく、私は「侏儒《こびと》フランクフールの唄」の、おわりのところ、ひとりでいつまでもとんぼ返りしているフランクフール、なぜかとまらない、とんぼ返りをつづけている侏儒のことを考えた。

朝はやく、電話があった。私は飛びついてとったら、久保アケミの母親という人だった。

それは、明け方の夢どころでない、うっとうしい電話である。

17

「先生の弟さん、類さんでしたか——その方と、アケミは昨日、ドライブに出てまだ帰ってまいりませんのよ。今朝は学校もありますし、主人もみな心配しておりますのですが」

上品そうな夫人に、そう訴えられたとて、どうしようがあろう。ここへは帰ってないのでわからない、と私は、御影の自宅の電話を教えた。朝が早いから、まだ入江は家にいるだろうと思われた。アケミを類が連れ出したについて、私にも責任はあるようなものの、しかし実際に、手の打ちようもないからである。

私は思いついて、手芸教室の毛利篤子先生のところへ問合せたか、と聞いた。類が道を知っているので、遊びにいったかもしれない、と思ったのだ。

夫人の答えは、私をおどろかせた。

「毛利先生はここ十日ばかり、お教室も休んでらっしゃいまして」

私は、もう早々と、海外旅行にいったのかもしれないといった。

「いいえ、ご主人のお加減がわるくて、何ですか、東京の病院へ入院なすったとかで」

私はビックリして、そっちの方も気になった。

電話を切ってから、篤子のところへかけたが、鳴ってるけど出てこなかった。手芸教室には助手の人がいるはずなので、午後にでも連絡がとれるかもしれない。

私はシャワーを浴びてから、トーストとつめたいミルクをとり、いつまでもぼんやり窓のそとを見ていた。台風からこっち、コスモス畠が荒れ、それに日照りが烈しすぎて花は凋落《ちょうらく》し、貧弱になってしまった。いや、台風や日照りのせいでなく、類がいなくなってしまったからだ。私は、家の中を磨いたり、つくろったり、料理をしたり、する根気や張りを、いつとなく、なしくずしに失ってる。そうして、私のすることで情熱をもってやることといえばただ一つ、掛った電話を出来るったけ大いそぎで取ることと、こっちから電話したい気持をけんめいに抑えることである。

そしてそれは、入江に対してだった。

午後、仕事のあいまに、冷たいコーラを飲んでいると、電話がある。久保夫人である。

アケミは、朝の電話のあと、すぐ帰宅し、元気に学校へいった、ゆうべは「弟さん」の御影の自宅へとめてもらったそうだ。たいへんすてきなお宅で、歓待されてたのしかったよし。

「お父さまによろしく申しあげて下さいね」

と夫人はいい、私は入江の娘になってしまった。「弟さん」は、アケミの家で、車まで洗ってかえした、といい、つまり類は、車とともにアケミをつれ出したわけで、アケミの家では、車と娘を心配していたのだ。

ヒトの車を借りるのなら、まだ自分のを持っていないわけやわ、と私は思った。それにしても、アケミを、類の家族が歓待したというのは、あの家の印象からして、解せないことだった。私はたぶん、アケミと類は、うそをついているのじゃないか、と思った。それをたしかめたって、しょうがないけど、でも、それが口実で、入江に電話してみた。

今日はいっぺんで出てきた。彼は会社の中でも、山家の囲炉裏ばたでも、まったく声の調子はおんなじである。

「ああ、どうしてますか。元気?」

といってくれた。いつもの柔らかい声だ。

「ええ。そっちはご機嫌どお?」

「いままでは機嫌悪かったけど、この電話でご機嫌です」

「するとまた、悪くするかな」

といいながら私は、きいてみた。ゆうべ、類が、女の子つれて家へ帰った? って。

「さア。見なんだなあ。何か、またあったの」

「いいえ……」

私は、入江にアケミの心配までさせるに忍びなくて、息子の不行跡《ふぎょうせき》を親爺に隠すお袋のように、黙っていた。

「毎日、仕事ですか?」

「ハイ」

「また慰労会せな、あかんなあ。こんどは激励会をしますか。どこか行きたいところがあれば考えときなさい」

「ハイ」

「あんまり根つめて仕事すると時候がわるいときやから病気するよ」

「ハイ」

「どないしたん。今日はおとなしいなあ――」

なんて、ひやかされてしまった。これで三十一だからなあ。私は自分に舌打ちしたい。

「じゃア、また」

と電話を切ろうとすると、彼は、

「また、そっちからかけて。こっちからは、かけにくうてね」

「なんで?」

「仕事してはるのん、悪いと思うて」

「それはあたしも、同《おんな》じよ」

「いや、こっちの仕事は、どうということないから。電話ぐらいは、いつでも手ェ抜けるからね」

私は、入江はむろん知るはずのない、明けがたの私の夢のために、羞恥《しゅうち》心で声が半分くらいしか出なかった。私は、あの夢を入江に知られるくらいなら、死んだ方がマシである。だから絶対、自分からはいわないけど、これからは入江と会ったり、声を聞いたりするたびに、顔を赧《あか》くしないではいられないだろうと思われた。

電話を切ってから、深い満足のうちに、私は仕事した。こんな落ち着いた気分で仕事に没頭できたのは、ここ何ヵ月もなかった。

それは、私にいろんなことを考えさせた。

私は薔薇《ばら》いろの太い縞のある木綿のパジャマを着ていた。これがいちばん涼しくてかるくていい。万年筆の尻を頰にあてて、じっと考えてみると、私は類がここで暮すようになってから、一刻も、ゆったりとおちついた気分でいたことはないのだ。いや、類と愛し合ってからいままで、あわただしい狂騒の時を過して、自分のことを考える余裕はなかった。篤子に「同棲《どうせい》ざかり」なんて笑われるほど熱々で、類といると時間がすぐたち、ベッドでの第二の型や第三の型に熱心になる。ちょうど真夏の、熱気と湿気に蒸されて、無我夢中のときをすごした。入江流にいえば、たのしくて面白かった！

でも、次の人である入江とつきあってみると、類といるのは面白いけど、幸福ではないと分った。私は、類のナマケ癖そのものはかまわないとして、そのために入江が苦しんでいるのを見るのはいやだったから、いつも、いらいらしたり、ハラハラさせられた。類の父親が入江でなければ、私はそれも面白がっていられただろうけれど。

私は面白くて、それでいて、おちついた満足も味わえる幸福、それをもたらす男を、求めていた。

思えば、だんだん、望みが大きく、注文がむつかしくなっていくもんだ！

野呂から類。類から入江。私は、野呂のときは、私が愛してるのに向うが愛してくれないので、辛い思いをし、男に愛されたい、と思った。

類が、私に惚《ほ》れてて夢中になってたので、私は、渇望が癒されたような気がした。

でもそれは、いま考えると、類のお熱が、私に反映してただけかもしれない。

次の、入江に会ったとき、それがわかった。

どんどん、いろんなことがわかっていく。

しかし、入江は、きっと私の中の、男の系図には書きこまれないにちがいない。私は、入江を、恋人にすることはできない。なぜ？　といわれても、こたえられないけど。でも私にはわかってる、入江を恋人にはしない、と思いきめてるから、あんな夢をみたのだ。

18

三、四日あと、私は銀行へお金をおろしにいった。私はめんどくさがりなので、いつもふた月分くらいの生活費をまとめておろしてくる。もうあんまり残高がなかったが、これも私には、（まあ、減るときもありゃ、増えるときもあるわ）という感じ。
家へはいりがけにポストを覗いた。私は、篤子に連絡がとれないので、速達の手紙を出して、お見舞いをいった。その返事でも来てないかな、と思ったのだ。

篤子の手紙はないが、首都の編集者から、大きな封筒が来ている。何かと思って、部屋で開けると、何だ、「侏儒《こびと》フランクフールの唄」が返されてきている。長すぎるので端折《はしょ》ってもらうか、あたらしい別のがよい、などと書いてあるのだ。

こういうとき、私がいつも唄う歌。

「シンジマエ　シンジマエ
ミナミナ　シンジマエ
トリワケ　アイツハシンジマエ！」

と歌うのだ。いいフシをつけて、なんべんも唄ってると、(まあ採用されるときもありゃ、返されるときもあるわ)と思えて、そのうち冷たいミルクなんか飲んで、鏡台の前の、白い模造鞣皮《なめしがわ》の太鼓椅子に坐ったりしてると、また陽気になるのだった。編集者たちは私の歌でなんべんも殺されてるってわけだった。

と、ふいにうしろから目隠しされた。細長い筋張った若い男の手。私が立ち上ってもまだ離さない。すぐわかった。

「類」

「あたった」

類は笑いながら私の前にきた。私は渋面をつくっていた。類は、ずうっとここに棲んでいて、さっき新聞買いに出たところ、という落ちついた狎《な》れ狎《な》れしさで、冷蔵庫のドアをあけながら、

「なんでこう、いつまでも暑いんやろ！　神サンが、秋や冬へ切り替えるスイッチ、忘れとんのんちゃうか」

私は身をかがめて冷蔵庫の中味を物色している類の横顔の、華奢《きゃしゃ》で繊細で、極端に整った美しさを娯《たの》しみながら盗み見していた。私は、髭《ひげ》のそりあとの青々とした、眼の鋭い男、なんてのは好かないタイプの女である。類が部屋の空気をいっぺんにどよもしてしまった。ああ、でもそれだけのことだ、結局。

「さっきの歌はなに？」

類はミルクを一息に飲んで、空壜を冷蔵庫の上に置き、こっちへやってきた。そうして昔、よくしたように私の髪を弄《いじ》った。以前、私の髪が長いときは、類は、濡れた手を、私の髪で拭いたりしたものだった。

「シンジマエ節、というのよ」

「僕のこと？」

「そうよ。ねえ類ちゃん。どの面下げて、というのはこんなとき使う言葉やないかなあ」

類は見たことのない、シャツを着ていた。茶色い馬の模様の飛んでる、コットンのシャツである。彼がそれを買ったか貰ったか、していた生活は、私とは関係なく流れていた時間だった。

「弱いな。わかってるよ。堪忍やで。悦ちゃんに叱られるのが怖《こお》うて、物凄う帰りたかったのによう帰らんかってん。でも、もう、ついにガマンできませんでした、ハイ」

類の手の感触やしぐさ、そのへんの空気の動きかたは、それこそ私のよう知ってる所のものだった。それから、柔らかい唇の接吻も。しかし私はすぐ、押しのけた。

「暑い、暑い、汗かいてんの。帰ったばかりやもん」

すると類は大きく跳ねあがって、いそいでシャツを脱ぎ、デニムのズボンも脱ぐではないか。私も、これからシャワーを浴びようとしてた所なので、彼より先にお風呂場へとびこもうとやっきになって脱ぎちらした。でも、類の方が一瞬はやくて、なまぬるい水をいっぱいに、あたまのてっぺんから浴びていた。

「どけ！　このくそばか」

と私が叫ぶと、類は笑って、シャワーをてっぺんにとりつけ、水の飛沫《ひまつ》の中で、はだかの私をぴたりと抱いてキスする。前と同《おんな》じになった。

「悦ちゃんは綺麗やなあ。いつもすべすべ。赤ん坊みたいな肌やね、三十一の肌って」

そういわれると私は、盛りのすぎた醜業婦のような気持を抱かせられる。

「ほんならぼくは何？」

「あんたは、つきまとう美貌のヒモ。弱虫うそつきナマケモノ。女専科でくいつなぐ男」

「ぼく、そうなりたかったけど、気がついたらなってた、いうことかなあ」

「それにしちゃ、あんたの頰っぺたはリンゴいろね」

「健康優良児のヒモやろ」

類の顔を見たら、いうことはいっぱいあった、今だって私は腹を立ててる。

でもそれは、彼が百万円を詐取した、とか久保アケミをどうかした、ということではなく、結局、類は肚《はら》黒いのか、肚が綺麗なのか私につかめないからである。目の前にみてる類は、澄んだ感じがあるが、私にはついに不可解だった。

私は、下品なことがきらいと同じ程度に、不可解な部分をもったまま、つきあう男と女の仲ってきらいだ。完璧《かんぺき》に人間が信じられなければ愛せない。ナマケモノでも弱虫でもいいけれど……。

「あの小切手に、類、書きこんで、お金を引き出したね。そして賭けごとの借金に払ったでしょ」

私がいうと、類は、真っ白のバスタオルであたまを拭きながら、表情をかくしていた。

「よう知ってるね。どんぴしゃ」

「車、買おうと思てるうちに、もう、金は費《つか》いこんだ、というところ」

「うわ。超能力」

「あんたなんか、ピンからキリまでお見通しよ。あんたみたいな一枚看板、ハッとかけ声するだけで、裏も表も、わかっちゃうんやから」

私はすっかり体を拭いて、白地に赤い水玉の飛んでる、パンティをはいた。おんなじ柄のブラジャーをつけたままで、居間の鏡台の前の太鼓椅子で、薄荷《はっか》入りの煙草を吸った。

「怒ってる？　お灸《きゅう》でなおらへんかなあ」

「暑い、いうてんのに。傍《そば》へ寄らんといて」

私は立って窓のレースのカーテンも開けた。空はぎらぎらと白っぽく、木々も萎《しお》れて粉を吹いてるみたい。ああ、秋や冬はいつ来るのかしらん。目の玉まで凍りそうな寒い冬の夜の満天の星、または、ゆっくりスプーンをかきまわしつつ、香り高いココアに孤独の匂いをかぐ、というような時が、果してほんとにくるのかしら。類ではないが、地球は冬を忘れたのではなかろうか。

あらゆる夏まつりはみな、済んでしまった。

水中花や、綿菓子や廻り灯籠《どうろう》、氷水の夜店の賑《にぎ》わいも終った。つまり、夏の栄光の、打ちあげ花火はみな、打ちあげられたのである。

それなのに、まだ夏は、しがみついて舞台を去らない。それも象徴的に思われる。

「それから、久保アケミのお母さんから電話があったわよ。あんた、あのかわい子ちゃんをどこへつれてったの？」

「家。御影」

「うそ。デキブツは知らないってたもん」

類はデニムのズボンを穿きながら、

「知るはずないよ。部屋へはいったら、誰にもわからへんもん。前、ぼく、行き場のない友だちをひと月泊めてたけど、弟のほかは誰も知らへんねんから」

「けったいな家。それよか、アケミをあんた、何かしたの?」

「嫉《や》いてる?」

「嫉かないわよ。心配してるだけ。アケミのために、平和な、あたしの生活が乱されるのが」

「あの子、面白がって帰らへんので困った。こっそり足音をしのんでトイレへいく、とか夜中に台所でラーメンつくる、とか、酒飲む、とかいうのを面白がって」

「そんなことよか、あんた、手は出さなかった?」

「しません。あの子は琺瑯《ほうろう》引きみたいに清潔です」

「うそ」

「ほんと」

という類の眼をみていると、私にはこれもうそだとわかる。まあええわ。

「類。小切手からいくらひき出した?」

「片手」

「うそ」

「なんでそう、うそ、うそ、いうの」

そのときはまだ類は上機嫌だった。私の腕をつかんで鉄の狭いベッドにつれあがろうとして、肩を咬《か》んだり、してる。

「オレ、アケミなんかきらいや。あんな若い子、どうしようての、オレが。ただ車を貸してやるっていうから。アケミとワンセットで借りたんや。アケミの兄貴の、ちょっとええジャガーなんや。ああ、オレも欲しいな」

私は類の生涯が目にみえるようだった。欲しがりながら、ついに自分の車に縁なく終る人生が。

「オレ、ほんとは、やっぱり悦ちゃんしか、ないなあ。悦ちゃんまだ怒ってる? でも結局のとこ、悦ちゃんにはなにも迷惑かけてへんやろ? 親爺の金やから」

お金の問題ではないのがわからへんのかなあ、と私は思ったが、だまっていた。私は、あのときの類の、そら涙に怒っていたのだ。

「悦ちゃん見ると、いつも食べとうなるな。やっぱり、デンキが出てるんかな、ムズムズするもん」

デンキはともかく、類は、その点はほんとうみたいだった。ベッドへ飛び上って、早く早くというように枕を叩いて促した。類は唇を緘《と》じて——ちょっと怒ったように、翳《かげ》った眼をしているが、これは彼が、ガスの火をつけるみたいに、欲望の青い火がポッと燃え上ったときのクセである。

私がベッドへあがったら、もうすっかり元通りになることはわかっていた。口うつしの冷たいウイスキーや、綺麗な形の類の唇を指でなぞることや、それからもっと直接的な愛を交わすこと、(それはきっと、いつか見たエロチックな夢の再現になる)そうしてそのあとのけだるい倦怠《けんたい》の、豪奢な昼寝、朝、類が呼ぶ、甘ったれた「コーヒー」という声。彼の弾くギター。でも私は気が進まなかった。

今までの私なら、すこしぐらいのことなら、類の気分を尊重して、熱心に協力してあげたものなんだけれど……。

そのとき私は、天啓のように理解した、あの野呂が私をなぜ好きになれなかったか、ということ。

あれは、きっと、野呂に好きな女がいたんだ。それはイダ・マサエではない。そんなのは、引き合いに出てきた譬《たと》えにすぎない。野呂には、野呂がしんそこ惚れてめためたになってた女がいたにちがいない。

私が類にやさしい気持を持ちながら、いまどうしてもベッドへあがれないのは、類より好きな男がいるからである。かつての野呂みたいに私は、類を見て、しらずしらず、(あああまたきた、うるせえな)という感じをもったので、野呂のことも一瞬、ひらめいて理解したのだった。

人は所詮《しょせん》、自分が同じような体験を経たときでないと他人は理解できない。いやそれもほんの一部分であろうけれど。でもいま頃になって野呂を理解できたって仕方ない。

ただ、その発見は、私にこうも考えさせた、いつかこの先の人生で、私は類のことをもっとよく理解できるような機会と遭遇するかしら？　って。

「あたし、出る用事があんの」

私は、もう九月ももうすぐ第四週を迎えようというのに、真夏と同じ綿シャツを着て、木綿の赤いパンタロンを穿き、黒いハンドバッグをとりあげた。

「類、いるんなら、いてて。もし外へ出るなら、カギは牛乳箱に入れといて。いつもみたいに」

「なんで出ていくの」

類はベッドを下りて、私のハンドバッグをとりあげ、テーブルに抛《ほう》り投げた。

「よう、なんで出ていくのん！」

と吠えるように叫んで、私を羽がい締めにして、髪を揉《も》みくちゃにする。でも私がじっとしているもんだから、じれじれして、

「ぼく、こない惚れてんのに、なんで悦ちゃんにわからへんのかなあ！」

と首筋にお灸みたいな熱い息を吐いていう。私はそのときもわかった。類が私に惚れてるのも、ほんとうかもしれない。「畜生、大好き」なんていって耳たぶを咬むのが、手慣れた習慣や演技と思えない。

でも、類の愛情（らしきもの）が今の私にはもう、「うるわしく」みえなくなってしまったのだった。以前《まえ》は、いかにも、類のすることということは、「うるわしい」感じがあったのに。

もし私を愛してるなら、なぜ、この間みたいに、父恋鳥の一幕を演じて、私をキツネにつままれたような気持にさせるのだ。もし私を愛してるなら、なぜ金のあるうちはほっつき歩いて寄りつかず、年端もいかぬ少女にちょっかい出したりするのだ。でも考えてみると、それこそ、類だった。

そんなことするからこそ、類らしかった。

そして以前の私は、そんな類が好きで、それを「うるわしい」と思ってたのかもしれない。類がかわったのではなく、私が変ったんだ。類はヘンにカンがよい男なので、まるで私の省察を看破したように、

「悦ちゃんは変ったな、おかしいぞ」

と私をしげしげと見た。

「あのあと、あのくそばかに会《お》うたやろ。ぼくのいうたみたいに」

何しろ類は背が高いし、細いけれども腕力があるので、鷲《わし》の爪に挾《はさ》まれたみたいに両腕にかかえこまれてると、逃げることもできなかった。がくんがくんと揺すぶられてるうち、類なら何をやり出すかわからない、という恐怖にとらえられた。それこそ、肚黒い人

間に対する恐怖である。類は怒りで青くなってる。

「あいつはな、オレには何もしてくれてえへんねんから、少々の金ぐらいくれてもええねん、それを」

「百万は少々といわれへんわ。ひと月足らずのうちに失《な》くすってどういうつもり。そんなにあの人を困らせる権利、類にないわ」

「なにをッ！」

類はほんとに怒った。こんどは嫉妬《しっと》も混ってるのかもしれない。

「なんでそんなに奴の味方せんならん。二人揃《そろ》て説教垂れる気か。悦ちゃん、百パーセント向う側になってるやないか。そうか、そういう気か。あのくそばかが好きやねんな。そやないかと思ててん」

類は、手を離した。

私のむき出しの両腕に、くっきりと類の両手の指の跡がのこってる。類はテーブルに腰かけて、震える指で煙草を吸った。そして乾いた声でいった。

「――もう、奴と寝たの」

私はこの暑いときに、鳥肌が立った。反射的に考えたのは、私は今まで類にやさしく一生けんめい尽したはずだ、こんなにひどいこと、いわれることはないはずだ、というような、抗議したい気持。類はあざ笑っていた。

「なんで。悦ちゃん、奴とツーカーになってるから、そのくらいのこと想像するの、あたり前やろ。キスぐらいしたの」

「バカ！　いやな感じ」

「どっちのいうこと。穢《きた》ない奴」

それでも類は撲《なぐ》りもどやしつけもしなかった。類はそういうかたちで発散する男ではないらしくて、煙草をこすりつけると、やにわにとびかかって私を押し倒した。私は類とははじめて会ってから、彼にさからったなんて、いまが最初だった。足をすくわれたけど跳ね起きた。「ボーとしてる」私だけれどもその気になると私は敏捷《びんしょう》である。類は私をにらんで、

「こないなったら、力ずくでもやったる」

「やれるもんなら、やってごらん」

「あいつやったら、許すの?」

「穢ないこと、いわんといて」

私は耳を抑えたい気持だった。

「あー、いやな感じ」

類は床で転がって苦しんだ。——どっちのいうこと、とは私の方がいいたい。見ると、類はじっとして動かない。泣いてはいないけど、ニカワでくっつけたみたいに、じっとし

ている。私は、おずおずと類のそばへ坐った。こういう形で、類との仲が終ろうとは、思ってもみなかった。

私は、入江を恋人にしない。そんなことしたら、あの類との「同棲ざかり」のころの楽しい生活のいいものが、みな変質して腐敗していくように思われる。入江ともう会わない、という決意は、私には苦しくて自信ないけど、でも、やるつもりだ。

私はどうかして類にそれを伝えたかった。でも、口に出していうと、かえって真実から離れていくということはある。私は類をいたわるつもりだったのに、出てきた言葉はあべこべだった。

「類が出ていかないなら、あたし出てくわ。晩ごはんも外で食べてくるから」

「出ていかんといて。いったらあかん」

類は、駄々っ子みたいに私のハンドバッグを抱きとって渡さない。

「ここにいてくれよ。たのむから」

私は返事せず肩をすくめて、ハンドバッグ返してんか、という身ぶりをした。

「これ渡したら、またあいつに会いにいくねやろ。行ったらあかん、行ったらあかん」

私はすこし心をうたれた。

甘ったれ人間ほど、人の心が離れゆくのを敏感に知るのだ。とうとう類は、ヘンな声になった。酔いはないから、涙は見せないけれど、感情の均衡が完全に破れた声である。

「いつか、こうなると思たけど。悦ちゃんがいってしまう、ということ。でもなんで男も多いのにオレの親爺でないとあかんのん」

それは私も残念なことだ！　「あんな奴」でなければ、私はすぐさま、恋人にできたのに。

「類の思うようなことは、ないと誓えるわ」

私は、おとなしくいった。

「それは好きよ、デキブツやと思うわ。でもあたし、いままで棲んでた男の、肉親《みうち》とは決してそんなことはできない。なんでかな。本能的なもんよ。類のことを綺麗なままでおいときたいからやわ。ええ恰好でいうのとちがうわ」

「でも、男と女いうのはなあ、そういう口の下からでも、やれるもんなんやぜ」

私は、また神サマが類の口を藉《か》りて真理を吐いたように驚嘆した。まさしく、その通りのように思われた。いまここにいるのが類でなくて、入江だったら、どうなってるか分らないのだった。

「悦ちゃんが、あいつに会いにいったらそうなってしまうよ。そして悦ちゃんは今までぼくにしてくれてたみたいにやさしいこと、あいつにするようになるねん」

類は、ウワゴトみたいに「行かせへん、行かせへん」と呟きながら、ハンドバッグを抱きしめている。私は類が哀れになった。

「類、じゃ、あたし出ていかへんから。晩もここでごはん二人でたべようね」

「最後の晩餐《ばんさん》か」

「何でもいい。買物してくるから、そのバッグかして」

「いやや！　そんなこというて、いってしまうんや」

とうとう類は、見捨てられた仔犬《こいぬ》のように泣き出した。

「行かしたれへん。行かしたれへん……」

私のバッグさえ押えておけば、私自身をも彼に釘《くぎ》づけしておけるように、類は泣いてる。私はもうほとんど、もと通り、類との生活を続けてもいい、とさえ思った。入江から離れ、新しい土地へ移って、類と二人きりで暮すんだ――私の目にもさそわれた涙が浮んだ。

「類……」

といっただけなのに、類は私が触れると、ヤケドしたみたいにとびあがり、ハンドバッグを抱いたまま、自分のシャツをつかんで入口へかけ出した。「脱兎のごとく」という形容詞を昔、学校で習ったけど、まさにその通り、そしてその雰囲気は、いやまあ、この前の小切手の時と同じ。私は叫んだ。もう躊躇《ちゅうちょ》しなかった。

「どろぼう！」

すると類は、玄関から引っ返してハンドバッグを私に投げつけた。私はしたたか後悔した。すぐ、類のあとを追いかけたけど、もう類は遠くへ走ってゆく。

テーブルの上で、ハンドバッグを開けてみたら、なんのこと、おろしたばかりの金、銀行の封筒に入ったのが、きれいに抜かれていた。名人芸というやつだろう。類は最後まで愛と金をすりかえるのが巧《うま》かったな、と私はしまいに感心した。

でも、こういう終り方にユーモアを感じるほど、私はオトナになってなかった。篤子なら、おかしがるかもしれないけど。私は、ただ空洞、虚無の穴みたいな黯《くら》い、ポッカリあいた穴を胸に感じるだけだった。そこに、類が、職業犯人のやさしさで、光り輝くようなほほえみを、湛《たた》えてのぞいていた。

19

篤子から電話が掛ったのは、その晩である。

「あ、もうやすんでた？　ごめんなさい」

篤子の声は、しっかりしておだやかだった。私はほんとうに眠っていた。だって、もう十二時すぎていたから。

「お手紙ありがとう。いま、ちょっとこちらへ帰ってきたのよ」

「まだ入院？　東京の病院って、ほんと？　ご主人、どんな具合？」

「いまは折合ってるわ。でもあと半年くらいねえ」

私は半年くらい入院するのかと思ったが、

「いいえ、半年くらいしか保《も》たないんじゃないか、と私、思うわ。癌《がん》なのよ」

私は起き上って、じっと聞いていた。篤子はおちついた声で、ふだんと変らなかった。少し、トーンが低めなだけである。

「旅行の前に、念のために診て貰ったの。そしたら見つかったの」

「なんでそんなことになったのよ」

私の方が泣き出していた。私は身近の人の不幸は、少女時代の父の死以来、久しくあっていなかった。どういって篤子を慰めていいか、私の力倆《りきりょう》にあまるので、私は篤子の気持を察すると、ほろほろと涙が出た。「白鳥のわかれ」や「吹雪の記憶」どころのさわぎではなかった。

あんなに、仲がよく「死ぬほど」夫の好きだった篤子が、どんな気持でいるかと思うと、私は言葉を並べる気にはなれなくて、自分のほうが泣いてばかりいた。むしろ篤子の方が泣いていなくて、あたたかい、しっかりした声だった。

「うーん、まアね、いつもいつも思ってたのよ。どちらか先に死ぬときのことをね。だから、私、出し惜しみせず、たっぷり使ったたな。おかげで、ああしておけばよかった、こうしとけば、という後悔はないいんだわサ。贅沢《ぜいたく》に生きてたから。人生を、よ。——私たち、いつも、毎日一ぺんは死にわかれるときのことや、死んでからのことを話題にしてたな。たのしい話題だったわ。私も旦那も、好きな話題だったわ。

ねえ、悦子、仲よく男女《ふたり》が生きる、っていうことは、毎日、別れの辛さをなし崩しにしとくことが必要やね。あと追い心中なんて、マトモなオトナならできないし、さ。別れるときの辛さを毎日、丸薬みたいに一粒ずつ服《の》んでる感じだった。だから、おかげさまで、あと半年、というときも私、しっかりしてる。

まあそうはいっても、いざとなれば、どうなるかわからないけど。

これ、私の強がりかな?

東京の病院にいると、却《かえ》って陽気になってるの。でも、いま家に帰ってきて、あたり見廻してたら、やっぱりたまらなくて、これじゃひとりでいられない、とあんたに電話したの。

私ね、もし旦那が死んだら、この家、売るわ。旦那と一緒に棲んだり、行ったり、したとこは、二度といきたくないし、共通の友人と会うのも苦痛な気がするわ。女って、旦那と全く別な世界もってるの、こういうとき気が楽ね。私、手芸教室、自分で持っててよかったと思うわ。

お見舞なんて、来なくてもいい。東京だしさ。私は、東京でも仕事があるので、むしろあっちの方がいいの。いろんな人が見舞に来なくて。もう今や、旦那をホカの誰にも見せたくない気持よ。ホントは、私が医者なら、自分ひとりで診て介抱してやりたいんだけどな。旦那と私が反対になってても、きっと向うもそういうと思うわ。

じゃおやすみ。こっちは暑いわねえ。東京はずっと涼しいわよ。じゃアね……」

20

牡丹《ぼたん》色の夕焼けのころになって、やっと、部屋の掃除は終った。

運送店の車で、荷物は昨日のうちに新しい部屋へ送ってしまった。今日は、捨てるガラクタをまとめ、要るものは風呂敷や袋に包み、手で持ってゆく。そうして、あとを大掃除して、キイを母屋の大家さんに戻しておき、挨拶すればおしまい。

類のものはいっぱい、あった、カフス釦《ボタン》、黒い絹のくつした（どうして、これらはいつも一つずつで、一対になってないんだろう！）、ヘアブラシ、爪切り、キイホルダー、使い捨てライター、類が喫茶店から集めてくるミルク入れ、スプーン、それに昨日、荷物に入れ忘れたTシャツ。

あんなにも私を喜ばせた、こまごました彼の持ち物、男ものの小間物、それらは、変哲もない風呂敷に包んでしまうと、ただの荷物になった。

私は、これら類の小物や衣類を、あたらしい部屋から、小包みにして御影の家へ送るつもりだ。

私は、小さな貸マンションを、ここよりも町や国道にちかい、便利なところに見つけていた。

そこは便利だけど、自然にめぐまれていなくて、陽も射さない。でも当分、そこにいるつもりだった。

この離れを出るのは惜しかったけど、篤子のいうように、私も、共通の記憶のあるところに、一人でいるのはいやだ。こうしてみると私は、男が替るたびに、髪型だけでなく、住居も替りそう。

でも、いまのところ、いちばん私にとって厄介なのは、入江のことが思い切れないことだ。

生木が燻《くすぶ》るみたいに、いつまでも煙が上って、苦悶《くもん》するような樹液がにじみ出て、したたってくる。

あんまり会いたくて、名刺のアドレスをたよりに、彼の会社へいってみたけど、そこは繊維街の一角で、人通りと車の往来が烈しくて、そばへも寄れなくて帰ってきた。

ときどき、駅へいったりする。何の用もなくて、ただ、

(あ、あのとき、彼の車は、ここに駐めてあった)

と、その場所を見にいくためである。

そうして「ホウ、ホウ」という、あの山の中の、百姓家みたいな一軒家の料理屋の、木《み》菟《みずく》の声を思い出してる。あの家に、入江がいて、私が、

「今晩は。道にまよった旅人です。一夜のお宿をお貸し下さい」

という遊びがしたくて、私は、いてもたってもいられないのである。そうして、それは実現しようとすれば、いますぐにでも出来るのだ。

電話をかけて、「つれていって」といえばすむことである。それから、その先も、私が望んでいるように、入江は、あたらしい男になるかもしれない。

彼がそのことで、どう考えているかわからないけど、いみじくも類がいったように、抵抗感やタブーは、その場では無力なんだし。

でもそうしようと思っても、私はもう、溶けるみだらな壜の夢をみることは、なかった。

電話がいっぺん、あった。

「もう、いきたいところは、きめましたか?」

「まだ」

「早めにいうてくれたら、いつでも日はあけます」

「お正月でもええの?」

私は、入江をこまらせるために、意地わるがいいたくなった。

「お正月か。かまいませんよ。それなら、ちょっと長く、休暇がとれる」

と入江は、まるでヒトリモノのようにいう。

「しかし、それは待ち遠しすぎるなあ。あのう、今晩はどうですか。メシを食いにいきませんか」

なんべん聞いても魅力的な声だ。

「いそがしいの」

と私は残念そうにいった。

「そうかア。明日は」

「明日も」

「では、そっちから電話して」

もう類の話はどちらからも出なかった。

私も、同じことを（こんどはハンドバッグから名人芸でぬいていった、なんてことを）いうのはいやだった。

「ああ、あんたの電話があったときが、私の休暇みたいです」

入江はにこにこしているのが感じられる声でいった。

「さよなら」

と私は電話を切った。入江に会えば、彼の説得力ある話しぶりに足もとをすくわれて、たちまち、彼の流れにまきこまれるのは分ってる。そんなことを思わせる声だった。

押入れのドアに、写真が貼《は》ってあるのを、はずし忘れていた。類が、セロテープでとめたものだ。類の友達のカメラで、私たち二人を自動シャッターでうつしたものだった。類は上半身はだかの、いつもの恰好。私はというと、暑そうな顔で、まるで絵に画《か》いたように、記念写真風に二人寄り添っている。

つまり、その写真一枚が、夏の決算報告書というわけだった。私はそれを破った。

21

牡丹色の夕焼けは薄れていく。やっと風に涼気が加わって、ほんとは、この山にちかい町、これからがいい気候なのだが。夏が長かったから、秋は、つかの間に移ろうだろう。

夏はすぎた。私の休暇は終ったのだ。

この作品は一九七六年に単行本化、
一九八二年に文庫化されたものに修正を加えた。

編集部より——本書には、現在の社会的規範に照らせば差別的表現ととられかねない箇所等が含まれておりますが、作品全体として差別を助長するものではないことに鑑み、原文のままとしております。

田辺聖子　たなべ・せいこ

一九二八年、大阪府生まれ。樟蔭女子専門学校国文科卒業。同専門学校在学中に終戦を迎える。文芸同人「文藝首都」「大阪文学」に所属。一九五八年初の単行本『花狩』刊行。放送作家として活躍。一九六四年『感傷旅行（センチメンタル・ジャーニイ）』で第五〇回芥川賞受賞。一九八七年『花衣ぬぐやまつわる…… わが愛の杉田久女』で第二六回女流文学賞受賞。一九九三年『ひねくれ一茶』で第二七回吉川英治文学賞受賞。一九九四年第四二回菊池寛賞受賞。一九九八年『道頓堀の雨に別れて以来なり』で第二六回泉鏡花文学賞、第三回井原西鶴賞特別賞、一九九九年第五〇回読売文学賞評論・伝記賞受賞。一九九五年紫綬褒章受章、二〇〇〇年文化功労者、二〇〇八年文化勲章受章。恋愛小説、古典、評伝、川柳、エッセイなどの作品は、幅広い世代の多くの読者に愛されている。伊丹市名誉市民。

休暇は終った

二〇一〇年八月八日 初版第一刷発行

著　者　田辺聖子

発行者　加登屋陽一

発行所　清流出版株式会社

〒一〇一-〇〇五一 東京都千代田区神田神保町三-七-一

電話 〇三-三二八八-五四〇五

振替 〇〇一三〇-〇-七七〇五〇〇

http://www.seiryupub.co.jp/

編集担当　髙橋与実

印刷・製本　図書印刷株式会社

ISBN978-4-86029-321-5